心有半亩花田 藏于烟火人间

肖复兴 —— 著

广东人民出版社
·广州·

自序

中国是一个散文的国度,散文的阅读和写作传统,源远流长,小说和戏剧,远在其后。作为中国人,只要识一些汉字,谁都离不开散文的滋养。散文,是润物细无声的雨,滋养着我们平凡生命和日常的生活。

我一直喜欢散文。读中学时,现代作家的散文,喜欢冰心和萧红;当代作家,喜欢韩少华和何为。年老之后,喜欢孙犁、沈从文和汪曾祺。这些作家的散文,共同的特点,都是书写普通朴素的生活,并从这样的日常生活中写出那一点诗意,温馨,温情,温暖,让我的心微微一动。

我喜欢这样的散文，也写这样的散文。当然，我知道，生活，普通、朴素，却不会总是那样的诗意盎然，常会充溢一些不如意，坎坷，痛苦，甚至血淋淋。我自身的经历，也逃脱不出这样的命运跌宕。即使如此，生活中总会有一些温馨温情温暖的诗意，让我们枯燥苦涩的心，微微一动；让我们面对失意和坎坷，有了一些勇气和信心，以及忍耐和等待的韧性。这是我们中国人最朴素可贵的性格，也是我们散文最难能可贵最值得珍视的品格。

我有时会想，这样的散文，有些像噪音，也可以成为音乐的一种。现代音乐的创始人勋伯格（Arnold Schoenberg），便曾经将噪音尝试地运用在古典音乐里，让音乐更加丰富，并和生活现实贴近，炝锅时撩人的葱花味儿，和美好动人的音符一起荡漾。

这样的散文，不但可以成为我们不如意生活的掩体，甚至可以成为我们贫瘠人生的抗体。以前，我们常爱文绉绉地说沉淀我们的人生，其实，就像沉淀水中的杂质一样，沉淀人生中纠缠不清的杂念。这样的水，有很多种。对于我，写这样的散文，读这样的散文，起码可以让混沌的生活和浑浊的世界，变得不那么晦涩难解，让自己的心沉静一些，别被这样的生活和世界磨得粗糙，变成一块千疮百孔的搓脚石。

我想起俄罗斯伟大的诗人阿赫玛托娃，苦难深重，一生悲剧。但是，在残酷命运恐吓她的时候，她留给我们的诗句却是这样写的：

今天我要送你
世上从未有过的礼物
是傍晚小溪难眠的时分
我映在水里的倒影

即使自己痛苦不堪，一无所有，也要留下"映在水里的倒影"，作为礼物送给我们。苦难中的诗意，犹如歌手苏阳的歌曾经唱的那样："鲜花开在粪土之上。"

我想起另一位作家，日本的冈本加乃子。她的一生也是苦难重重，年轻时遭家庭变故，曾经痛苦自杀；年老时病魔缠身，更是痛不欲生。但是，她与不公的命运顽强抗争，她说："死之上，活着的每一天都是花。"她说："衰老一年年加深了我的伤感，而我的生命却一天天更加繁华璀璨。"

想起阿赫玛托娃和冈本加乃子，我便会想起自己。说实在的，我们所经历的一切不如意乃至种种痛苦，都远远无法与之相比。无论阿赫玛托娃的"映在水里的倒影"，还是冈本加乃子的"死之上的生命之花"，都会带给我们深深的抚慰，让我们面对自己曾经悲观而过早皱裂苍老的心，有些惭愧。

漫长三年疫情的磨折，让我们的生命、情感与内心，都受到淬火般的磨砺。如何秉持对生活的达观，对生命的执着，坚守内心一隅的清净与真诚，是对我们每一个人的考验。对于我而言，无论生活，还是写作，阿赫玛托娃和冈本加乃子，都是很好的样本。"映在水里的倒影"，"死之上的生命之花"，都是美好诗意的意象，希望也能映彻在、绽开在读者的心里。

心有半亩花田，藏于烟火人间。这本书中收录的四十篇散文，希望也能成为这样的一帧倒影，半亩花田，温馨并温暖读者朋友的心,哪怕只是暂短的片刻。夜晚风寒,从拥挤的地铁上下来,在疲惫不堪的归家路上,抬起头来,望一望远处的灯火,即使微弱犹如萤火,也有一些温馨并温暖的感觉。如果真是这样,亲爱的读者朋友,我要双手合十,谢谢你们,也谢谢文学。好的文学,从来都是从心灵到心灵的,哪怕只是单薄的一篇散文,一行诗。

也要谢谢本书的编者,是他们精心的编辑,才让这本书印制得这样精美,如花盛开在我和你们的面前。

2023年岁末于北京

目 录

壹

半亩花田，烟间水人间

荔枝　2
豆秸垛赋　6
大年夜　14
桂花六笺　19
两角钱　26
年灯　29
饺子帖　33
姐姐　41

贰

笔床茶灶，冷暖自度

笔下犹能有花开	54
河边的椅子	58
诗与成都	62
白桦树皮诗笺	66
借书奇遇记	72
荒原上的红房子	83
女人和蛇	89
万圣节的南瓜	92

尊前一笑休辞却
天涯同是伤沦落

叁 闭门山深，开卷梦长

读书是一种修合 98

生命的平衡 101

书房梦 106

老手表史记 110

一天明月照犹今 116

花荫凉儿 120

白发苍苍 124

芒种之忙 128

肆

西窗待雨，把酒凭风

明信片	正欲清谈逢客至	我和小尹在猪号的日子	发小儿就是那把老红木椅子
153	149	140	134

椴树蜜	草帽歌	远航归来	朋友之间
178	175	167	161

伍 晚风庭院，陌上桑麻

嘟柿的记号 192

那片绿绿的爬山虎 201

七星河和挠力河 206

消失的年声 219

胡同的声音 222

鱼鳞瓦 240

南横街 245

独草莓 249

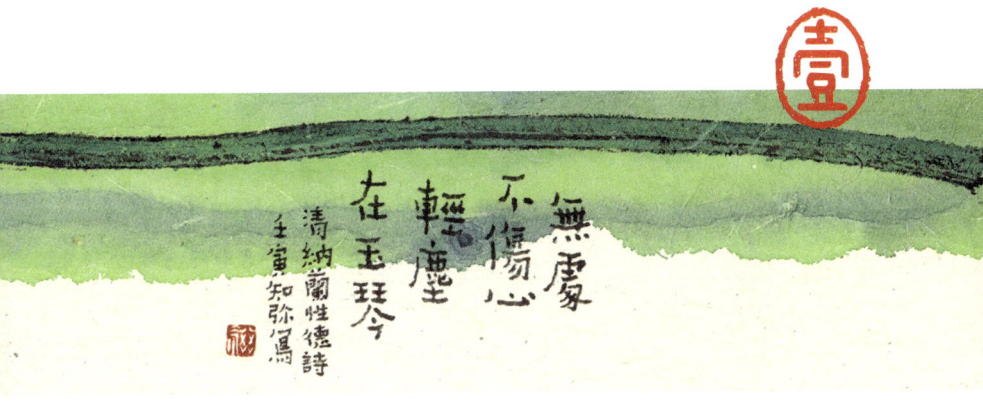

無慮
不傷心
輕車塵
在玉珂今

清納蘭性德詩
壬寅知弥寫

半亩花田，
烟水人间

荔枝

我第一次吃荔枝,是二十八岁的时候。那是十几年前,我刚从北大荒回到北京,家中只有孤零零的老母。站在荔枝摊前,脚挪不动步。那时,北京很少见到这种南国水果,时令一过,不消几日,再想买就买不到了。想想活到二十八岁,居然没有尝过荔枝的滋味,再想想母亲快七十岁的人了,也从来没有吃过荔枝呢!虽然一斤要好几元,挺贵的,咬咬牙,还是掏出钱买上一斤。那时,我刚在郊区谋上中学老师的职,衣袋里正有当月四十二元半的工资,硬邦邦的,让我鼓起几分胆气。我想让母亲尝尝鲜,她一定会高兴的。

　　回到家，还没容我从书包里掏出荔枝，母亲先端出一盘沙果。这是一种比海棠大不了多少的小果子，居然每个都长着疤，有的还烂了皮，只是让母亲一一剜去了，洗得干干净净。每个沙果都显得晶光透亮，沾着晶莹的水珠，果皮上红的纹络显得格外清晰。不知老人家洗了几遍才洗成这般模样。我知道这一定是母亲买的处理水果，每斤顶多五分或者一角钱。居家过日子，老人就这样一辈子过来了。不知怎么搞的，我一时竟不敢掏出荔枝，生怕母亲骂我大手大脚，毕竟这是那一年里我买的最昂贵的东西了。

　　我拿了一个沙果塞进嘴里，连声说真好吃，又明知故问多少钱一斤，然后不住口说真便宜——其实，母亲知道那是我在安慰她而已，但这样的把戏每次依然让她高兴。趁着她高兴的劲儿，我掏出荔枝："妈！今儿我给您也买了好东西。"母亲一见荔枝，脸立刻沉了下来："你财主了怎么着？这么贵的东西，你……"我打断母亲的话："这么贵的东西，不兴咱们尝尝鲜！"母亲扑哧一声笑了，筋脉突兀的手不停地抚摸着荔枝，然后用小拇指甲盖划破荔枝皮，小心翼翼地剥开皮又不让皮掉下，手心托着荔枝，像是托着一只刚刚啄破蛋壳的小鸡，那样爱怜地望着舍不得吞下，嘴里不住地对我说："你说它是怎么长的？怎么红皮里就长着这么白的肉？"毕竟是第一次吃，毕竟是好吃！母亲竟像孩子一样高兴。

那一晚，正巧有位老师带着几个学生突然到我家做客，望着桌上这两盘水果有些奇怪。也是，一盘沙果伤痕累累，一盘荔枝玲珑剔透，对比过于鲜明。说实话，自尊心与虚荣心齐头并进，我觉得自己仿佛是那盘丑小鸭般的沙果，真恨不得变戏法一样把它一下子变走。母亲端上茶来，笑吟吟顺手把沙果端走，那般不经意，然后回过头对客人说："快尝尝荔枝吧！"说得那般自然、妥帖。母亲很喜欢吃荔枝，但是她舍不得吃，每次都把大个的荔枝给我吃。以后每年的夏天，不管荔枝多贵，我总要买上一两斤，让母亲尝尝鲜。荔枝成了我家一年一度的保留节目，一直延续到三年前母亲去世。母亲去世前是夏天，正赶上荔枝刚上市。我买了好多新鲜的荔枝，皮薄核小，鲜红的皮一剥掉，白中泛青的肉蒙着一层细细的水珠，仿佛跑了好远的路，累得张着一张张汗津津的小脸。是啊，它们整整跑了一年的长路，才又和我们阔别重逢。我感到慰藉的是，母亲临终前一天还吃到了水灵灵的荔枝，我一直认为是天命，是母亲一生善良忠厚的报偿。如果荔枝晚几天上市，我迟几天才买，那该是何等的遗憾，会让我产生多少无法弥补的痛楚。

其实，我错了。自从家里添了小孙子，母亲便把原来给儿子的爱分给孙子一部分。我忽略了身旁小馋猫的存在,他再不用熬到二十八岁才能尝到荔枝,他还不懂得什么叫珍贵,什么叫舍不得,只知道想吃便张开嘴巴。母亲去世很久,我才知道母亲临终前一颗荔枝都舍不得吃,都给了她心爱的太馋嘴的小孙子吃了。而今,荔枝依旧年年红。

豆秸垛赋

在北大荒，豆秸垛和麦秸垛，是秋天和夏天的两种意象。

不过，我只留意过豆秸垛，没怎么留意麦秸垛。那时候，我们二队每家的房前屋后最起码都要堆上一个豆秸垛，很少见有麦秸垛的。我们知青食堂前面，要左右对称堆上两个豆秸垛，高高的，高过房顶，快赶上白杨树高了。这些豆秸，要用整整一年，烧火做饭，烧炕取暖，都要靠它。麦秸垛，一般只是堆在马号牛号旁，喂牲畜用，不会用它烧火做饭取暖。因为它不如豆秸经烧，往灶膛里塞满麦秸，一阵火苗过后，很快就烧干净了,只剩下一堆灰烬,徒有热情,没有耐力。

返城后很多年,看到了梵高的速写,和莫奈以及毕沙罗的油画,很多幅画中有麦秸垛,一堆堆,圆乎乎,胖墩墩,蹲在收割后的麦田里,闪烁着金子般的光。才发现麦秸垛挺漂亮的,而我当初忽略了它的存在。只顾着实用主义用它喂牲畜,不懂得它还可以入画,成为审美的浪漫主义的作品。

后来看到文学作品,大概是铁凝的小说,她称麦秸垛是矗立在大地上女人的乳房。这样的比喻,我从来没有想到过,尽管我在北大荒经历过好几年麦收。但我不得不承认,这个比喻新鲜,充满乡土气息和人情味,让我忍不住想起当年在北大荒一望无际的麦田里,弯腰挥舞着镰刀也抖动着乳房的能干的当地妇女。

再后来,看到聂绀弩的诗,他写的是北大荒的麦秸垛:"麦垛千堆又万堆,长城迤逦复迂回。散兵线上黄金满,金字塔边赤日辉。"他写得要昂扬多了,长城、黄金和金字塔一连串的比喻,总觉得压在麦秸垛上,会让麦秸垛力不胜负。不过,也确实让我惭愧自己当年在北大荒收麦子时缺乏这样的想象力。

但是,对于豆秸垛,我多少还是有些想象的。那时看它圆圆的顶,结实的底座,阳光照射下,一个高个子女人似的,健壮挺拔,丰乳肥臀,那么给你提气。当然,比起麦秸垛的金碧辉煌，豆秸垛灰头灰脸的，像土拨鼠的皮毛。只有到了大雪覆盖的时候，我才会为它扬眉吐气，因为那时候，它像我儿时堆起的雪人，一身洁白，站在各家门前，像守护神。

用豆秸，是有讲究的。会用的，一般都是用三股叉从豆秸垛底下扒，扒下一层，上面的豆秸会自动落下，有节奏地填补到下面，绝对不会从上面塌下来。在这一点上，无论绘画还是文学再如何美化的麦秸垛，都无法与之相比。很简单，如果是麦秸垛，底下扒掉一层，早就像一摊稀泥，坍塌得一塌糊涂，因为麦秸太滑，又没有豆秸枝杈的相互勾连。所以，就是一冬一春快烧完的时候，豆秸垛都会保持着原来那圆圆的顶子，就像冰雕融化时那样，一点一点地融化，最后将自己的形象湿润而温暖地融化在空气中。

因此，垛豆秸垛和垛麦秸垛，完全是两回事。

垛豆秸垛，在北大荒是一门本事，不亚于砌房子，一层一层砖往上垒的劲头和意思，和一层一层豆秸往上垛，是一个样的，得要手艺。大豆收割完之后，一般我们知青能够跟着车去地里拉豆秸回来，但垛豆秸垛这活，得等老农来干。在我看来，会垛它的，会使用它的，都是富有艺术感的人。在质朴的艺术感方面，老农永远是我的老师。

不能怪我偏心眼儿，对豆秸垛充满感情。这样的感情，不仅来自艺术感方面，也来自情感方面。

我从北京来到北大荒，秋收的时候，每天天不亮，就要顶着星星，出工割豆子，每人一条垄。一条垄，八里长，割完一条垄，快手能赶在日头落前，慢手得要到月亮出来了。

我属于慢手，常常是全队的人都割完，收工回家吃晚饭了，我还撅着屁股，挥着镰刀，在地里忙乎着。直直腰身，望望还是一眼望不到头的豆地，黑乎乎地笼罩在迷蒙的月光中，心里涌出一种绝望的感觉。偌大的豆子地里，只剩下我孤零零一个人，秋风掠过豆秸梢，干透的豆子在豆荚里哗啦啦直响，想起第一次割豆子时自己曾经写过的"大豆摇铃"之类的诗句，不禁哑然失笑。

有一天晚上，由于头天刚下过一场雨，地里有些泥泞，割豆子便更显得艰难。人们都已经收工了，我还在豆地里盘桓。

上弦月早就升起来，由于有雾，光线不亮，朦朦胧胧地洒在已经结霜的豆秸上，斑驳之中，银光闪闪的，像眼泪晶莹在闪烁。

已经是阴历的九月初，北大荒的天气很冷了，晚风吹过，更多凉意和凄清。豆秸上有刺，上霜后变得坚硬扎人，我没有戴手套，手心、手背扎得火燎一样疼。

咬咬牙，还得继续往前割，一定要割到头，否则更会遭人嘲笑。现在想想，那一晚的情景，多少有些悲凉，一片割不完的豆地，一弯凄清的月牙，一个孤独的人影。

就在这时候，我听见前面不远的地方传来唰唰的声音。

起初，我以为是风渐大了，吹过豆秸的声响；但仔细听，不像，因为那唰唰的声音很有节奏。我站在豆地里，很有些奇怪，想再好好听听，怕是钻出来一条獾或狐狸。这在北大荒的秋夜里，是常有的事。

很快，一个人头在豆秸上浮动，是一头长长的秀发，暗淡的月光下勾勒出朦胧的轮廓。是个女人。很快的速度，她前面的豆子纷纷倒地，她扬起脸来，站在我的面前，笑了，露出两颗小虎牙，秀气的脸上淌着汗珠，月光下，晶莹透亮。娇小玲珑的身材，和四围阔大无边的豆地和幽幽的黑夜，对比得那么不成比例，那么醒目。

我认出她来，是刚从北京到我们队上"69届"的小知青。她到我们队才两个多月，我没有和她说过一句话，甚至叫不出她的名字。

很久很久以后，她对我说，她刚来到我们队上，第一次见到我，是我独自一人坐在树下笨手笨脚地缝衣服，我们队上的农业技术员老韩远远地指着我对她说："他是北京二十六中的高中生，很有才。"就是这简单的"很有才"三个字，害了她，让她竟然割完了自己的那一垄豆子之后，又跑过来帮助我割。

我在北大荒整整六年，割过很多次豆子或麦子，这是第一次也是唯一一次有人帮助我割豆子。是这样一个娇小的小姑娘，刚来我们队两个多月的，和我从来没有说过话的小姑娘。

割完了一垄豆子，要往回走八里地，才能回到队上吃晚饭。路上，她把她手上戴着的一副手套递给我，说豆子扎手，戴上手套好些。

我看看手套，是一副白线手套，但每个手指上都粘有一小块黑色的胶皮。刚要对她说："给了我，你戴什么？"她就说话了："我还有。"

就这样，我们一起走了八里地的夜路，上弦月在我们的头顶，无边的荒原，在我们的脚下。我们再没有说一句话，就这样默默地走着。

那时候，我不知道，她更不知道，为此她要付出多大的代价。

事后，我才知道，因为她和我的接触，引起队上头头和工作组的注意。他们的联想和想象力，远比我更为丰富。一对年轻男女在旷野豆地又是在幽暗的黑夜里的相遇，八里地的长途漫步，以后又频繁往来，接下来发生的事情，不是顺理成章，还要费口舌再去说吗？

于是，工作组找她谈话。为了增加震慑力，也为了确保一战功成，工作组还特意请来农场保卫处处长坐镇。

那一晚，是数九寒冬北大荒最冰冷的时候，纷纷扬扬的大烟泡儿，没有阻挡保卫处处长从十六里外的农场场部赶到我们的队上。在和知青宿舍一道之隔的队部里，一盏昏黄的马灯前，保卫处的处长，工作组的组长，我们二队的队长，几个大老爷们儿，对付一个娇小的小姑娘。但再怎么逼问，她就说了句：根本没有的事，我交代什么？任凭他们怎么红白脸轮番上阵，她只是哭，再不说一句话。

在压力面前，有人选择顺从，有人选择屈服，有人选择背叛，有人选择躲避，有人选择坚持。那一年，我二十二岁，她还不到十七岁。很多时候，我会想，如果那个风雪呼啸的夜晚，那盏昏黄的马灯前，换成是我，我会怎么样？我能和她一样吗？

由于她的坚持，我幸免于难。

第二年，刚刚开春的一个黄昏，我独自一人拿着饭盒，垂着头往队上的知青食堂走。忽然，觉得四周有许多眼睛聚光灯似地都落在我的身上。那种感觉很奇怪，其实我并没有抬头看，但那种感觉像是毛毛虫似的，一下子爬满我的全身。

抬头一看，在我前面不远食堂的豆秸垛旁，站着一个姑娘，手里拿着一个铝制的饭盒。我不敢确定，是不是在那里等着我。

是她，她可真会找地方，她身后的豆秸垛，是那样地醒目，让我想起秋收她帮我割豆子接垄时相遇的那个结霜的夜晚。似乎那是一场戏的开头，这时候收割完的豆荚垛起来的豆秸垛，成了她特意选择的一个明亮的收尾。

那一刻，那个褐色有些像经冬后发旧狍子皮的豆秸垛，被晚霞照得格外灿烂，映照得像着了火一样红。

食堂前是两大排知青宿舍，那一刻，宿舍所有的窗户都打开了，从里面探出了一个个脑袋，露出了一双双惊愕的眼睛，望着我们，仿佛在看什么精彩的大戏。我的心里有些发毛，觉得芒刺在身，站在那里一动不动。她就那样向我走了过来，在众目睽睽之下，一直走到我的面前。我的脑子里一片空白，只是在想她的胆子也太大了，这种时候还和我那么亲热地讲话，就不怕沾包儿吗？

那时候，她才刚满十七岁啊。

什么叫作旁若无人？那一刻，我记住了这个成语，也记住了她和北大荒那个落日的黄昏，并且记住了那个在晚霞映照下像是着了火一样的豆秸垛。

那是1970年的春天，整整五十年前的春天。北大荒的豆秸垛！

大年夜

我家住的小区里，有家小理发店。十五年前，我刚住进这个小区，它就存在。十几年来，花开花落，世事如风，变迁很大，它却依然偏于小区一隅，没有任何变化。别的理发店都重新装潢了门面，在门前还装上了闪闪发光的旋转灯箱什么的，连名字都改作美发厅了，它却依然故我，很朴素，也很有底气地存在着，犹如一株小草，自有自己的风姿，并不理会花的鲜艳和树的参天。而且，别的理发店里伙计不知换了几茬，甚至老板都已经易人，它的伙计却一直是那几个，老板始终是同一个人。什么事情，能够坚持十几年恒定不变，都不容易，都会老树成精的。

想说的是去年①大年三十的事情。

因为常去那里理发，我和这位老板很熟，其实，小区好多人图个方便，更图老板手艺不错，都常去小店。大家都知道每年春节前是他生意最好的时候，他会坚持到大年三十的晚上，一直到送走最后一位客人，然后回江西老家过年。他总是买大年夜最后一班的火车票，他说虽然赶不上吃团圆饺子，但这一天车票好买，火车上很清静，睡一宿就到家了。

一般我不会挤在大年三十晚上去理发，那时候，不是人多，就是他着急要打烊，赶火车回家。但那几天因为有事情耽搁了，我一直到了大年三十的晚上，才去他那里。毕竟时间晚了，进门一看，伙计们都下班回家了，客人也都已经走了，店里只剩下他一人，正弯腰要拔掉所有的电插销，准备关门走人了。见我进门，他直起身子，热情地和我打过招呼，把拔掉的电插销重新插上，拿过围裙，习惯性地掸了掸理发椅，让我坐下。我有些抱歉地问会不会耽误他乘火车。他说："没关系，你又不染不烫的，理你的头发不费多少时间的。"

我知道，理我的头发确实很简单，就是剪一下，洗个头，

注：①此文创作于2014年，文中"去年"指的是2013年。

再吹个风，不到半个小时，就完活了。但毕竟有些晚了，还是有些抱歉。迎来送往多了，理发店的老板都是心理学家，一般都能够看出客人的心思。他看出我的心思，开玩笑对我说："怎么着我也得送走最后一个客人，这是我们店的服务宗旨。"

就在他刚给我围上围裙的时候，店门被推开了，进来一个女人，急急地问："还能做个头吗？"我和老板都看了看她，三十多岁的样子，穿着件墨绿色的呢子大衣，挺时尚的。我心想，居然还有比我来得更晚的。老板对她说："行，你先坐，等会儿！"那女人边脱大衣边说："我一路路过好多家理发店都关门了，看见你家还亮着灯，真是谢天谢地。"

等她坐下来，我隐隐地替老板担忧了。因为老板问她的头发怎么做，她说不仅要剪短，要拉直，关键是还要焗油，这样一来，没有一个多小时，是完不了活的。她说完这番话后，我看见老板刚刚拿起理发剪的手犹豫了一下。

显然，她也看到了老板这一瞬间的表情，急忙解释，带有几分夸张，也带有几分求情的意思："求您了，待会儿，我得跟我男朋友一起去见他妈，我是第一次到他家，而且还是去过年。虽说丑媳妇早晚得见公婆，但您看我这一头乱鸡窝似的头发，跟聊斋里的女鬼似的，别再吓着我婆婆！"

老板和我都被她逗笑了。老板对她说："行啦，别因为你的头发过不好年,再把对象给吹了。"

她大笑道:"您还真说对了,我这么大年纪,也是属于'圣(剩)斗士'了,找这么个婆家不容易。"

我知道老板时间紧张,赶紧向老板学习,成人之美,让出了座位,对老板说:"你赶紧先给这位美女理吧,我不用见婆婆,不急。"她忙推辞说:"那怎么好意思!"我对她说:"老板待会儿还得赶火车回家过年。"她说:"那就更不好意思了。"但我抱定了"英雄救美"的念头,把她拉上了座位,然后准备转身告辞。老板一把拉住我说:"没你说的那么急,赶得上火车的。正月不剃头,你今儿不理,要等一个月呢!"我只好重新坐下,对老板说:"那你也先给她理吧,我等等,要是时间不够,就甭管我了。"

那女人的感谢,开始从老板转移到我的身上。我想别给老板添乱了,人家还得赶火车回家过年呢,便想趁老板忙着的时候,侧身走人。谁知悄悄拿起外套刚走到门口,老板头也没回却一声把我喝住:"别走啊!别忘了正月不剃头!"看我又坐下了,他笑着说:"您得让我多带一份钱回家过年。"说得我和那女人都笑了起来。

老板麻利儿地做完了她的头发。都说人是衣服马是鞍,其实人主要靠头发抬色呢,尤其是头发真的能够让女人焕然一新。

17

但是，时间确实很紧张了，老板招呼我坐上理发椅时，我对他说："不行就算了，火车可不等人。"老板却胸有成竹地说："没问题，你比她简单多了，一支烟的工夫就得！"

果然，一支烟的工夫，理完发了。我没有让他洗头和吹风，帮他拔掉电插销，关好水闸和煤气的开关，拿好他的行李。一起匆匆走出店门的时候，看见那个女人站在门前没几步远的一辆丰田RV4旁边，正挥着手招呼老板。我和老板走了过去，她对老板说："上车，我送您上火车站。"看老板有些意外，她笑着说："走吧，车着着，候着您呢。"老板不好意思地说："别耽误了您的事。"她还是笑着说："这时候不堵车，一支烟的工夫就到。"

丰田车欢快地跑走了。小区里，已经有人心急地燃放起了烟花，绽放在大年夜的夜空，就像突然炸开在我的头顶，挺惊艳的。

桂花六笺

一

小时候，我住的大院里，曾经有一株桂花树。那时候，北京的院落里，一般种些海棠、丁香、石榴、枣树之类，很少见种桂树的。秋天时，它开花，花很小，藏在树叶间，不仔细看，几乎看不见。院里的街坊曾经用它加糖煮沸做过糖桂花。在我的记忆里，似乎从来没有闻到过它的花香。这很奇怪，因为在书中看过介绍，说桂花的香味是很浓郁的。

那株桂花树种了没几年就死了。大概水土不服。或者，在北京的大院里很难养。不过，这只是我的猜测。我们大院里曾经有三棵枣树，据说，是前清时候的老树了。还有两棵丁香，一棵开白花，一棵开紫花。这几棵树，先后也都死了。

如今，我们的大院，也都没有了。前几年，拆了。

二

到北大荒插队的第三年，我第一次回北京探亲。和当时在青海石油局当修井工的弟弟约好，一起去十三陵游玩。正是秋天，一进十三陵景区大门，便闻到一股浓郁的香味。我从来没有闻到过这样的香味，那香味，真的好闻，直冲进肺腑，翻着跟头似的，泛着冲天香气。当时，想到的一个词，就是沁人心脾。

再往里走，看到甬道两旁，摆着两排花盆，里面种的是桂花，树都不高，但那香味，真的是格外浓，浓得像酒。没有风，却像是被风吹着，紧跟着你，缭绕在身旁，久久不散。

别的树开花的时候，大多数花是很漂亮的，比如梨花如雪，桃花似霞，樱花如梦，榴花似火，合欢花恰如绯红的云彩……但是一般，越是开得漂亮的花，越是没有什么香味。

也曾经闻到过有些花的香，印象中最为芬芳的是丁香。但是，和桂花的香味相比，还是淡了些。如果丁香像是一幅水彩，桂花则像是一幅油画，最起码也是一幅水粉。丁香的花香雅致，桂花的香气撩人。

很久很久以后，就是如今过去四十多年了，只要一想起那年十三陵的桂花，那股香味，似乎还缭绕在身旁。

那一年，我正在恋爱。

结婚的时候，没有酒席，只是家人和几个朋友吃了一顿晚饭。我在街上买了一瓶桂花陈酿。这种酒，这么多年了，包装未变，一直还是老样子。

三

1986年，我写了一本长篇小说《早恋》。写的是中学生的人际交往。不少中学老师不以为然，视若阴霾。但是，江苏常熟的一位中学班主任，却特意将这本书推荐给他的一名女学生。这名女学生走出了青春期所谓"puppy love"（小狗之恋）的漩涡之后，给我写了一封信。

那时候，她正读高中。从此，一直通信到现在。在所有和我通信的人中，包括亲人和发小或一起插队的朋友，都没有她和我通信的时间长。在我的人生中，算是一个奇迹。

更奇迹的是，在她和我通信的第二年秋天，她家乡桂树开花的时候，她在信封里夹了一些晾干的桂花寄给我。从她读高中开始，到她工作几年以后，一直坚持了好多年。没有任何一个人，这样给我寄过桂花；我也从未想起过，给任何一个人这样寄过桂花或其他的花。或许，这只是带有孩子气的举动，人长大以后，会羞于此，或不屑于此吧。

但我很感动。每一年的秋天，江南三秋桂子盛开的时候，接到她寄来夹带桂花的信，没有拆开，就已经闻到了桂花的香味。

其实，晒干的桂花是没有什么香味的，我却每次都能够闻得到。

前两年的秋天，她到北京出差。坐高铁从常熟出发到北京站，换乘地铁到我家，我去地铁站口接她。看她沿着滚梯上来，手里提着一个竹篓，里面装满了螃蟹，是秋季阳澄湖蟹大肉肥的螃蟹。

我谢过她，心里忽然想起的是，以往每一年这时候她寄给我的桂花。算一算，快三十年过去了。我老了，她也人进中年。

桂花！

四

在戏剧学院读书时，教授中国现代文学史的曹老师，讲郁达夫，问学生谁读过郁达夫的小说《迟桂花》。我举手说我读过。曹老师让我讲讲小说的内容，我答不上来，只记得是一男一女在秋天桂花开的时候上山的故事。曹老师宽厚地让我坐下，自己讲了起来。

还是高中时候读过的书,中间隔了一个北大荒插队,晚了整整一个轮回十二年,才上的大学,是真正的"迟桂花"。

重读《迟桂花》,才发现小说中提到杭州的满觉垅桂花最出名,小说中的男主人公和女主人公,一起上的是杭州的翁家山。郁达夫写了这样几句:"在以桂花闻名的满觉垅里,倒闻不到桂花的香气……可到了这里,却同做梦似的,所闻到的尽是这种浓艳的气味。"他说这种气味:"我闻到了,似乎要引起性欲冲动的样子。"

这后一句的比喻,是典型的郁达夫的语言。我再未见过用这样的比喻形容桂花的香气。

今年①中秋前后,一连十天住在杭州。前一段时间,桂花打苞的时候,连下阴雨,打落好多花苞,没落的,委屈地团缩着,影响了开放。所以,不要说满觉垅的桂花,就是西湖沿岸的桂花,都没有闻到郁达夫所形容的那样的香气了。

郁达夫的小说写得好,旧体诗写得也好。读他的旧体诗,有这样一联:五更食薄寒难耐,九月秋迟桂始花。说的还是迟桂花。看来,他对迟桂花情有独钟。在小说中,他借花遣怀,说迟桂花开得迟,却香气持久。这是他小说的意象,是我们很多人心底的向往。

注:①此文创作于2018年,文中"今年"指的是2018年。

五

我见过的园林中种植桂花树最多的，是四川新都的桂湖。之所以叫作桂湖，就因为桂花树多。绕湖沿堤一圈，乃至满园，到处都是。相传这些桂花树，都是当年杨升庵手植。这样的传说，我是不信的。

杨升庵是新都的骄傲。杨在京为官时刚正不阿，因对明武宗、明世宗两代皇帝直言进谏，遭受贬黜，发配充军，最后客死他乡，如此颠沛流离的命运，令人唏嘘，也令人敬重。植桂花树于满园之中的传说，便更让人坚信不疑。桂花树，其实是人们感情的外化。

如果赶上桂花盛放的时节，桂湖就像在举办一场新嫁娘隆重的婚礼，花香馥郁，如同婚轿和贺喜的人群，从入门处开始，一直拥挤着，摩肩接踵，水流一样，弥散到园子里四面八方的角角落落，处处都是桂花之香。银桂、金桂和四季桂，仿佛是小姑娘、少妇和老夫人，齐齐整整地都跑进园中看新娘，个个裙袂叮当，衣襟带香，沾惹得空气中都是散不去的香味。同别的花香相比，桂花要香就搅得周天香彻，绝不遮遮掩掩，不屑于扭扭捏捏的小家子气和故作姿态的含蓄状，是花中的烈性子，迸发如潮，按捺不住，如烈酒。这一点，暗合了杨升庵的心性与品性。

我到过桂湖多次，见过桂湖这些密密麻麻的桂花树。可惜，从未见过这样的桂花盛景,闻到这样浓烈的香气。

六

今年重阳节之夜,我住在广东肇庆的鼎湖山庆云寺脚下。住房是座围合式的二层小楼,住在二楼,还没上楼,就闻见了扑鼻的花香。不用问,只有桂花才会有这样醉人的香气。果然,住房的窗前,有一棵粗大的桂树,从一楼冲天直长到二楼的天井,看样子,是足有百年树龄的老树。是一棵金桂,金色的花朵缀满枝叶间,很是醒目。密集的金桂花散发出的香气,可以用得上郁达夫的形容词了,真正称得上是浓艳。

夜间下起大雨,噼噼啪啪的雨点,敲打着房顶和玻璃窗,像擂打着小鼓,惊醒了睡梦中的我。心里暗想,这样大的雨,窗前的金桂,该是一地零落。

早晨起来,推门一看,金桂花果然落了一地,像铺上一层金色的地毯。但是,香气居然依旧扑鼻。抬头看看树上,一夜大雨,那样多的落花,枝叶间还有那么多的桂花,金灿灿的,沾着晶莹的雨珠,小星星般眨着眼睛,和地上的落花相互呼应着,一起散发着自己浓艳的香。

想起放翁的一句诗:名花零落雨中看。鼎湖山这棵金桂老树的落花,也是名花,是我见过的香气最浓艳的名花。

两角钱

有时只是举手之劳,就能帮助别人,但我们对好多举手之劳却总是熟视无睹,不愿意伸出手来。

那天下午,我去邮局寄信,人很多,大多是在附近工地干活的民工,才想到是他们发工资的日子,在往远在千里之外的家里寄钱。

我寄了一摞子信件,最后算邮费,掏光了衣袋里所有的零钱,还差两角钱。我只好掏出一张一百元的票子,请柜台里的女服务员找。她没有伸手接,望了望我,面色不大好看。为了两角钱要找一百元的零头,这确实够麻烦的，难怪她不大乐意。

我下意识弯腰又翻裤兜的时候，和一个男孩子的目光相撞。他穿着一身尘土仆仆的工装，就站在我旁边的柜台的角上，个头才到我的肩膀，瘦小得像个豆芽菜。我发现他流露着犹豫的眼神，抿着嘴，冲我似笑非笑，有些怪怪的。而他的一只手揣在裤袋里，活塞一样来回动了几下，似掏未掏的样子，好像那里藏着刺猬一样什么扎手的东西。这更让我感到奇怪了。

没有，裤袋也翻遍了，确实找不出两角钱。我只好把那张一百元的票子又递了上去，服务员还是没有接，说了句："你再找找，这才两角钱还没有呀。""可我确实没有啊。"我有些气，和她差点没吵起来。

这时候，我的衣角被轻轻拉了一下，回头一看，是那个男孩子。我看见他的手从裤袋里掏了出来，手心里攥着两角钱："我这里有两角钱。"说完这句外乡口音很重的话，他羞涩地脸红了。原来刚才他一直想帮助我，只是有些犹豫，是怕我拒绝，还是怕两角钱有些太不值得？我接过钱，有些皱巴巴的，还带有他手心的温热，虽然只有两角钱，我还是谢了他。他微微一笑，只是脸更有些发红了，真是一个可爱的孩子。

寄完信，我去附近的超市买东西，破开了那一百元的票子，有了足够的零钱。我又回到邮局里，不过，那时已是落日的黄昏，不知那个孩子还在不在。我想如果那个孩子还在，应该把钱还给他。

他还真的在那里，还站在柜台的角上，那些民工还没有汇完钱，他是在等着大人们一起回去。我向他走了过去，他看见了我，冲我笑了笑，因为有了那两角钱，我们成了熟人，他的笑容让我感到一种天真的亲切，很干净透明的那种感觉。

走到他的身边，我打消了还那两角钱的念头。我不知道这样做对不对，但看到他那样地笑，总觉得他是因为自己做了一件帮助人的好事，才会这样地开心。能够帮助人，而且是举手之劳，尤其是帮助了一个看起来比自己大许多的大人，心里总会产生一种美好的感觉吧。我当时就这样想，干嘛要打破孩子这样美好的感觉呢？一句谢谢，比归还两角钱，也许，更重要吧？我轻轻地抚摸了一下他的头，问了句："还没有走呀？"然后，我再次郑重地向他说了声："谢谢你啊！"他的脸上再次绽放出笑容。

以后，我又多次去过那家邮局，再也没有见过那个孩子，但我怎么也忘不了他。他让我时时提醒自己，面对一些举手之劳，能够伸出手来去帮助他人，一定要伸出手来。不过，我有时总会想，没有还给孩子那两角钱，这样做到底对不对？

年灯

去年①的大年夜,我家后面老爷子家的那盏年灯,在他家封闭阳台的落地窗前,照往年一样,又亮了起来。

老爷子是位老北京,讲究老理儿。过年的时候,家里如有亲人还没有赶回来,要点亮这样一盏年灯,等候亲人的归来。什么时候亲人回来了,什么时候这盏年灯才可以熄灭。如果亲人一直都没有回家过年,这盏年灯每晚都要点亮,一直要等到正月十五,也就是年完全过后,才可以将灯取下。

注:①此文创作于2013年,文中"去年"指的是2012年。

老爷子家这盏年灯，好几年过年的时候，都在点亮。从我家的后窗一眼就能望见，正对面老爷子家阳台窗前的这盏年灯，就这样一直亮到正月十五满街花灯绽放的时候。如今，满北京城，如老爷子这样坚持守候过年老理儿的人，不多见了。

每年过年期间，望着老爷子家这盏年灯，我都会想起自己年轻的时候，那时候母亲还在世，不管晚上我回家多晚，她老人家都会让家里的灯亮着。每次骑着自行车回家，四周房屋里的灯光都没有了，一片漆黑，老远，老远，一望见家里那盏橘黄色的灯闪亮着，跳跃着，像跳跃着一颗小小的心脏，我的心里便会充满温暖，知道母亲还没有睡，还在等着我。母亲去世之后，我晚上回家，再也看不见那盏橘黄色的灯了，好长一段时间都不适应，心里都会有些伤感。对于我，灯，就是家；灯下，就是母亲。无论你回来有多晚，无论你离家有多远，只要灯在家里亮着，母亲就在家里等着。

因为老爷子和我的儿子都在美国，一样读完博士，在美国成家、生子、工作，我们有很多共同的话题，比较熟，也比较说得来。我知道，前些年，老爷子和老伴还常常去美国，看他们的儿子，帮忙带带孙子。如今，孙子都上中学了，老爷子真的老了。他不止一次对我说：他快八十了，十几个小时的飞机坐不了喽，前列腺不争气，总得上厕所。便盼望儿子能够带着媳妇和孩子回来过一回春节。盼了好几年,不是儿子和儿媳妇工作忙,就是孙子春节期间正上学请不了假,都没有能够回来。每年春节,老爷子家阳台的窗前,都亮起了年灯。

去年老爷子家的这盏年灯,变了花样。以往,都只是一盏普通的吊灯,半圆形乳白色的灯罩,垂挂着一支暖色的节能灯。有时候,为了增添一些过年的气氛,老爷子会在灯罩上蒙上一层红纸或红纱。去年,换成了一盏长方形的八角宫灯,下面垂着金黄色的穗子,木制,纱面,上面绘着彩画,因为距离有点儿远,看不清画的是什么,但五颜六色的,显得很漂亮,过年的色彩,一下子浓了。不知道老爷子是从哪儿淘换了这么一个玩意儿。

老爷子家的这盏年灯,就这样又像往年一样,在大年夜里亮了一宿。烟花腾空,缤纷辉映在他家窗前的时候,暂时遮挡了年灯,但当烟花落下之后,年灯又亮了起来。让我觉得特别像大海里的浪涛,一浪一浪翻滚过后,只有它像礁石一样立在那里。那岿然不动的样子,那执着旺盛的心气,颇有点儿像老爷子。

大年初一过去了,大年初二也过去了……老爷子的年灯,就这么一直亮着。在整个小区里,不知道还有没有什么人,会注意到有这样一盏年灯;在偌大的北京城,不知道还有没有什么人，能守着这么一份过年的老理儿，点亮这样一盏守候着亲人回家过年的年灯。

一天半夜里，我起夜，在厕所的后窗前瞥见那盏年灯，无月无星只有重重雾霾的夜色里，它比一颗星星还亮，亮得如同一个旷世久远的童话。心里不禁有些感慨，既为老爷子，也为老爷子的儿子，同时，也为自己。

大年初五的早晨，我起床后，从后窗望去，忽然发现，老爷子家阳台落地窗前的那盏年灯，没有了。这一天的天气难得晴朗，太阳斜照在他家阳台的落地窗上，明晃晃地反光，直刺我眼睛。我以为眼花了，没有看清。定睛再细看，年灯真的没有了。

正有些奇怪，看见一个男人领着一个十几岁的男孩子来到阳台，他们都穿着一身运动衣，两人做起了体操。不用说，老爷子的儿子和孙子回家了。虽然没有赶上年夜饭，毕竟赶上了当天晚上破五的饺子。离正月十五还有十天，年还没有过完呢。

又要过年了。想起老爷子的那盏年灯。

饺子帖

一

又要过年了。又想起饺子。饺子,是过年的标配,是过年的主角,是过年的定海神针。不吃饺子,不算是过年。

五十三年前[①],我在北大荒,第一次在异乡过年,很想家。刚到那里不久,怎么能请下假来回北京?那时候,我在北大荒,弟弟在青海,姐姐在内蒙古,家里只剩下了父母两个孤苦伶仃的老人。天远地远,心里不得劲儿,又万般无奈。

注:①此文创作于2022年,文中"五十三年前"指的是1969年。

没有想到，就在这一年大年三十的黄昏，我的三个中学同学，一个拿着面粉，一个拿着肉馅，一个拿着韭菜（要知道，那时候粮食定量，肉要肉票，春节前的韭菜金贵得很呀），来到我家。他们和我的父母一起，包了一顿饺子。

面飞花，馅喷香，盖帘上，码好的一圈圈饺子，围成一个漂亮的花环；下进滚沸的锅里，像一尾尾游动的小银鱼；蒸腾的热气，把我家小屋托浮起来，幻化成一幅别样的年画一般，定格在那个难忘的岁月里。

这大概是父亲和母亲这辈子过年吃的最滋味别具的一顿饺子了。

二

那一年的年三十，一场纷飞的大雪，把我困在了北大荒的建三江。当时，我被抽调到兵团的六师师部宣传队，本想年三十下午赶回我在的大兴岛二连，不耽误晚上的饺子就行。没有想到，大雪封门，漫天刮起了大烟泡，汽车的水箱都冻成冰坨了。

师部的食堂关了张，大师傅们早早回家过年了，连商店和小卖部都已经关门，别说年夜饭没有了，就是想买个罐头都不行，只好饿肚子了。

大烟泡从年三十刮到了年初一早晨，我一宿没有睡好觉，早早就冻醒了，偎在被窝里，不肯起来，睁着眼，或闭着眼，胡思乱想。

九十点钟，忽然听到咚咚的敲门声，然后是大声呼叫我名字的声音。由于大烟泡刮得很凶，那声音被撕成了碎片，断断续续，像是在梦中，不那么真实。我非常奇怪，会是谁呢？这大雪天的！

满怀狐疑，我披上棉大衣，跑到门口，掀开厚厚的棉门帘，打开了门。吓了我一跳，站在门口的人，浑身厚厚的雪，简直是个雪人。我根本没有认出他来。等他走进屋来，摘下大狗皮帽子，抖落下一身的雪，才看清，是我们大兴岛二连的木匠赵温。天呀，他是怎么来的？这么冷的天，这么大的雪，莫非他是从天而降不成？

我肯定是瞪大了一双惊奇的眼睛，瞪得他笑了，对我说：赶紧拿个盆来！我这才发现，他带来了一个大饭盒，打开一看，是饺子，个个冻成了邦邦硬的坨坨。他笑着说道："过七星河的时候，雪滑，跌了一跤，饭盒撒了，捡了半天，饺子还是少了好多，都掉进雪坑里了。凑合吃吧！"

我立刻愣在那儿，望着一堆饺子，半天没说出话来。我知道，他是见我年三十没有回队，专门给我送饺子来的。如果是平时，这也许算不上什么，可这是什么天气呀！他得多早就要起身，没有车，三十里的路，他得一步步地跋涉在没膝深的雪窝里，走过冰滑雪深的七星河呀。

我永远记得，那一天，我和赵温用那只盆底有朵大大的牡丹花的洗脸盆煮的饺子。饺子煮熟了，漂在滚沸的水面上，被盛开的牡丹花托起。

忘不了，是酸菜馅的饺子。

三

齐如山先生当年说，他曾经吃过一百多种馅的饺子。我没吃过那么多种馅的饺子。我也不知道，全国各地的饺子馅，到底有多少种。不过，我觉得馅对于饺子并不重要。饺子过年，其中的馅，可以丰俭由人，从未有过高低贵贱之分。过去，皇上过年吃饺子，底下人必要在馅中包上一枚金钱，而且，金钱上必要镌刻上"天子万年""万寿无疆"之类过年的吉祥话，讨皇上欢喜。穷人过年，怎么也得吃上一顿饺子，哪怕是野菜馅的呢。

叶派小生毕高修先生曾告我这样一桩往事：他和京剧名宿侯喜瑞先生，同在落难之中，结为忘年交。大年初一，客居北京城南，四壁空空，凄风冷灶，两人只好床上棉被相拥，惨淡谈笑过残年。忽然，看到墙角里有几根冻僵了的胡萝卜，两人忙下地，拾起胡萝卜，剁巴剁巴，好歹包了顿冻胡萝卜馅的饺子，也得过年啊。

馅，可以让饺子分出价值的高低，但作为饺子这一整体形象，却是过年时不分贵贱的最为民主化的象征。

四

很多年前，我写过一篇散文《花边饺》，后来被选入小学生的语文课本。写的是小时候过年，母亲总要包荤素两种馅的饺子。她把肉馅的饺子都捏上花边，让我和弟弟觉得好看，连吃带玩地吞进肚里，自己和父亲吃素馅的饺子。那是艰苦岁月的往事。

长大以后，总会想起母亲包的花边饺。大年初二，是母亲的生日。那一年，我包了一个糖馅的饺子，放进盖帘一圈圈饺子之中，然后对母亲说："今儿您要吃着这个糖馅的饺子，您一准儿是大吉大利！"

母亲连连摇头笑着说："这么一大堆饺子，我哪儿那么巧能有福气吃到？"说着，她亲自把饺子下进锅里。饺子像活了的小精灵，在翻滚的水花中上下翻腾。望着母亲昏花的老眼，我看出来，她是想吃到那个糖饺子呢！

热腾腾的饺子盛上盘，端上桌，我往母亲的碟中先拨上三个饺子。第二个饺子,母亲就咬着了糖馅,惊喜地叫了起来:"哟!我真的吃到了!"我说:"要不怎么说您有福气呢?"母亲笑得眼睛眯成了一条缝。

其实,母亲的眼睛,实在是太昏花了。她不知道我耍了一个小小的花招,用糖馅包了一个有记号的花边饺。第二年的夏天,母亲去世了。

五

在北大荒,有个朋友叫再生,人长得膀大腰圆,干起活来,是二齿钩挠痒痒——一把硬手。回北京待业那阵子,他一身武功无处可施,常到我家来聊天,一聊聊到半夜,打发寂寞时光。

那时候,生活拮据,招待他最好的饭食,就是饺子。一听说包饺子,他就来了情绪,说他包饺子最拿手。在北大荒,没有擀面杖,他用啤酒瓶子,都能把皮擀得又圆又薄。

在我家包饺子,我最省心,和面、拌馅、擀皮,都是他一个人招呼,我只是搭把手,帮助包几个,意思意思。

他一边擀皮,一边唱歌,每一次唱的歌都一样——"嘎达梅林"。不知道为什么,他对这首歌情有独钟。他一边唱,还要不时腾出一只手,伸出来,随着歌声,娇柔地做个兰花指状,与他粗犷的腰身反差极大,和"嘎达梅林"这首英雄气魄的歌反差也极大。

每次来我家包饺子的时候,他都会问我:"今儿包什么馅的呀?"

我都开玩笑地对他说:"包'嘎达梅林'馅的!"

他听了哈哈大笑,冲我说:"拿我打镲!"

擀皮的时候,他照样不忘唱他的"嘎达梅林",照样不忘伸出他的兰花指。

四十多年过去了。如今,再生的日子,过得很滋润,儿子北大西语系毕业,很有出息,特别孝顺,还能挣钱,每月光给他零花钱,出手就是五千,让他别舍不得,可劲地花,对自己得好点儿。他很少来我家了,见面总要请我到饭店吃饭,便再也吃不到他包的"嘎达梅林"馅的饺子了。

六

孩子在美国读博,毕业后又在那里工作,前些年,我常去美国探亲,一连几个春节,都是在那里过的。过年的饺子,更显得必不可少,增添了更多的乡愁。余光中说:乡愁是一枚邮票。在过年的那一刻,乡愁就是一顿饺子,比邮票更看得见、摸得着,还吃得进暖暖的心里。

那是一个叫作布鲁明顿的大学城,很小的一个地方,全城只有六万多人口,一半是大学里的学生和老师。全城只有一个中国超市,也只有在那里可以买到五花肉、大白菜和韭菜,这是包饺子必备的老三样。为备好这老三样,提早好多天,我便和孩子一起来到超市。

超市的老板是山东人,老板娘是台湾人,因为常去那里买东西,彼此已经熟悉。老板见我进门先直奔大白菜和韭菜而去,笑吟吟地对我说:"过年包饺子吧?"我说:"对呀!您的大白菜和韭菜得多备些啊!"他依旧笑吟吟地说:"放心吧,备着呢!"

那一天,小小的超市里挤满了人,大多是中国人,来买五花肉、大白菜和韭菜的。尽管大家素不相识,但望着各自小推车中的这老三样,彼此心照不宣,他乡遇故知一般,都像老板一样会心地笑着。

姐姐

这个世界上最先让我感觉到至为圣洁而宽厚的爱,而值得好好活下去的,一个是母亲,一个是姐姐。

一

年轻时,姐姐很漂亮,只是脾气不好,这一点儿随娘。在我和弟弟落生的时候,娘把姐姐赶出家门远远的,到城外去,说她命硬,会冲了我们降生的喜气。我和弟弟都是姐姐抱大的,只要我们一哭,娘常常不问青红皂白先要把姐姐骂上一顿,或者打上几下。可以说,为了我和弟弟,姐姐没少受气，脾气渐渐变得暴躁而格外拧。

可是，姐姐从来没对我和弟弟发过一次脾气。即使现在我们已经长大成人，在她眼里依然还像依偎在她怀中的小孩。

姐姐的脾气使得她主意格外大，什么事都敢自己做主。娘去世的那一年，她偷偷报名去了内蒙古。那时，正修京包铁路线，需要人。那时，家里生活愈发拮据，娘去世后一大笔亏空，父亲瘦削的肩已力不可支。临行前，姐姐特地在大栅栏为我和弟弟各买了双白力士鞋，算是再为娘戴一次孝，带我们到劝业场照了张照片。

带着这张照片，姐姐走了，独自一人走向风沙弥漫的内蒙古，虽未有昭君出塞那样重大的责任，但一样心事重重地为了我们而离开了北京。我和弟弟过早尝到了离别的滋味，它使我们过早品尝人生的苍凉而早熟。从此，火车站灯光凄迷的月台，便和我们命运相交，无法分割。

那一年，姐姐十七岁。

第二年，姐姐结婚了。她再一次自作主张让父亲很是无奈。春节前夕，她和姐夫从内蒙古回到北京，然后回姐夫的家乡任丘。姐夫就是从那里怀揣着一本孙犁的《白洋淀纪事》参加革命的，人脾气很好，正好和姐姐成了鲜明的对比。

以后，我和弟弟便盼姐姐回来。因为每次姐姐回来，都会给我们带回许多好吃的、好玩的。我们还是不懂事的小馋猫呀！记得三年困难时期，姐姐到武汉出差，想买些香蕉带给我们，跑遍武汉三镇，只买回两挂芭蕉。那是我第一次吃芭蕉，短短的，粗粗的，口感虽没有香蕉细腻，却让我难忘。望着我和弟弟贪婪地吃着芭蕉的样子，姐姐悄悄落泪。那时，我不明白姐姐为什么要落泪。

那一次，姐姐和姐夫一起来北京，看见我和弟弟如狼似虎贪吃的样子，没说什么。我们正是长身体的时候，肚子却空空的像无底洞，家里粮食总是不够吃……父亲念叨着。姐姐掏出一些全国粮票给父亲，第二天一清早便和姐夫早早去前门大街全聚德烤鸭店排队。那时，排队的人多得不亚于现在办签证。我不知道姐姐、姐夫排了多长时间的队，当我和弟弟放学回家时，见到桌上已经摆放着烤鸭和薄饼。那是我们第一次吃烤鸭，以为它是世界上最好吃的东西了。望着我们一嘴油一手油可笑的样子，姐姐苦涩地笑了。

盼望姐姐回家，成了我和弟弟重要的生活内容。于是，我们尝到了思念的滋味。思念有时是很苦的，却让我们的情感丰富而成熟起来。

姐姐生了孩子以后，回家探亲的日子越来越少。她便常寄些钱来，父亲拿这些钱照样可以买各种各样的东西给我们，我却越发思念姐姐了。我们盼望姐姐归来已经不仅仅因为馋嘴，一股浓浓依恋的情感已经长成枝繁叶茂的大树，即使无风依然婆娑摇曳。

终于，盼到姐姐回来了，领着她的女儿。好日子太不经过，像块糖越化越小，即使再精心地含着。既然已经是渴望中的重逢，命中必有一别。姐姐说什么也不要我和弟弟送，因为姐姐来的第二天，正是少先队宣传活动，我逃了活动挨了大队辅导员的批评。那一天中午，姐姐带我们到家附近的鲜鱼口联友照相馆。

照相前，她没带眉笔，划着几根火柴，用火柴上烧后的可怜的一点点如笔尖上点金一样的炭，分别在我和弟弟眉毛上描了描，想把我们打扮得漂亮些。照完相回到家整理好行装，我和弟弟送姐姐她们娘俩到大院门口，姐姐不让送了，执意自己上火车站，走了几步，回头看我们还站在那里，便招招手说："快回去上学吧！"我和弟弟谁也没动，谁也没说话，就那样呆呆站着望着姐姐的身影消失在胡同尽头。当我们看到姐姐真的走了，一去不返了，才感到那样悲恸，依依难舍又无可奈何。我和弟弟悄悄回到大院，一时不敢回家，一人伏在一棵丁香树旁默默地擦眼泪。

我们不知在那里站了多久，一直到一种梦一样的声音突然在耳边响起,抬头一看,竟不敢相信:姐姐领着女儿再次出现在我们的面前,仿佛她早已料到会有这样的场面一样。她摸摸我们的头说:"我今儿不走了!你们快上学吧!"我们破涕为笑。那一天过得格外长!我真希望它能够永远"定格"!

二

在一次次分离与重逢中,我和弟弟长大了。1967年底,弟弟不满十七岁,像姐姐当年赴内蒙古一样自作主张报名去青海支援"三线建设",一腔慷慨豪壮。姐姐以为他去西宁一定要走京包线的,就在呼和浩特铁路站一连等了他三天。姐姐等不及了,一脚踏上火车直奔北京,弟弟却已走郑州直插陇海线,远走高飞了。姐姐不胜悲恸,把原本带给弟弟的棉衣给了我,又带我跑到前门买了顶皮帽,仿佛她已经有了我也要走的先见之明一样。我只是把她本来送弟弟的那一份挚爱与牵挂统统收下了。执手相对,无语凝噎,我才知道弟弟这次没有告别的分手,对姐姐的刺激是多么大。天涯羁旅,茫茫戈壁,会时时跳跃着姐姐一颗不安的心。

就在姐姐临走那天夜里,我隐隐听到一阵微微的哭泣声,禁不住惊醒一看,姐姐正伏在床上,为我赶缝一件棉坎肩。那是用她的一件外衣做面、衬衣做里的坎肩。泪花迷住她的眼,她不时要用手背擦擦,不时拆下缝歪的针脚重新抖起沾满棉絮的针线……

我不敢惊动她,藏在棉被里不敢动窝,眯着眼悄悄看她缝针、掉泪。一直到她缝完,轻轻地将棉坎肩放在我的枕边,转身要去的时候,我怎么也忍不住了,一把伸出手,紧紧抓住她的胳膊。我本以为我一定控制不住,会大哭起来,可我竟一声没哭,只是一句话也说不出来,喉咙和胸腔里像有一股火在冲,在拱,在涌动……

我就是穿着姐姐亲手缝制的棉坎肩,带着她的棉衣、皮帽以及绵绵无尽的情意和牵挂,踏上北去的列车到北大荒的。那是弟弟走后不到一年的事。从此,我们姐仨一个东北、一个西北、一个内蒙古,离得那么远那么远,仿佛都到了天尽头。我知道以往月台凄迷灯光下含泪的别离,即使是痛苦的,也难再有了,而只会在我们各自迷蒙的梦中。

我和弟弟两个男子汉把业已年老的父亲甩在北京,而我们的家正走向颓败。世态炎凉与人心险恶,是我万未料到的。就在我离开家不久,父亲被人赶至两间破旧、矮小的房子里,原因是我家走了我和弟弟两个大活人,用不着那么大的空间,外加父亲曾经参加过国民党。老实又胆小的父亲便把家乖乖迁徙到这两间小黑屋中。最可气的是窗户跟前还有一个自来水龙头,全院人喝水洗涮全仰仗它，每天从早到晚的吵闹声使人无法休息，而且水涸得全屋地下潮漉漉的，爬满潮虫。

就在这一年元旦前夕，姐姐、姐夫来到北京开会。他们本可以住到招待所，但看到家颓败到这种模样，老人孤零零如风中残烛，便没有住在别处，而在这潮漉漉、黑漆漆的小屋过夜，陪伴、安慰着父亲孤寂的心。这就是我和弟弟甩给姐姐的家。那一夜，查户口的不期而至，是为了给父亲耍耍威风看的。姐姐首先爬起床，气愤得很。查户口的厉声问："你是什么人？"姐姐嗓门一向很大："我是他女儿。"又问姐夫："你呢？"姐夫掏出工作证，不说一句话，他太清楚这些人的嘴脸，果然，他们客气地退去了。那工作证上写着中共党员、呼和浩特铁路局监委书记。

姐姐、姐夫走的那一天清早，买了许多元宵，煮熟吃时，姐姐、姐夫和父亲却谁也吃不下。元宵本该团圆之际吃，而我和弟弟却远走天涯。她回内蒙古后不时给父亲寄些钱来，其实那本该是我和弟弟的责任。姐姐也常给我和弟弟分别寄些衣物食品，她把她的以及远逝的那一份母爱一并密密缝进包裹之中。她只要我常常给她写信、寄照片。

当我有一次颇为自得地写信告诉她我能扛起九十公斤重的大豆踩着颤悠悠三级跳板入囤时，姐姐吓坏了，写信告诉我她一夜未睡，叮嘱我一定小心，千万别跌下来，让姐一辈子难得安宁。

又一次她看见我寄去的照片，穿着临走时她给我的那件已经破得不成样子的棉衣，补着我那针脚粗粗啦啦实在难看的补丁，又腰扎一根草绳时，她哭了，哭得那样伤心，以致姐夫不知该怎么劝才好……

三

我像只飞得疲倦的鸟又飞回北京，北京没有如当年扯旗放炮欢送我一样欢迎我。可怜巴巴的我像条乞讨的狗一样，连一份工作都没有，只好待业在家，才知道无论什么时候只有家才是憩息地。

从我回北京那一月起，姐姐每月寄来三十元钱，一直寄到我考入大学。似乎我理所应当从她那里领取这份"工资"。她已经有三个孩子，一大家子人。而那年我已经二十七岁！每月邮递员呼喊我的名字，递给我这份寄款单时，我的手心都会发热发颤。仿佛长得这么大了，我还是个嗷嗷待哺的孩子，三十元可以派些大的用场。脆薄的自尊与虚荣，常在这几张票子面前无地自容，又无法弥补。幸亏待业时间不长，一年多后，我找到了工作，在郊区一所中学教书。我把消息写信告诉姐姐，要她不要再寄钱，我已经有了每月四十二元半的工资。谁知，姐姐不仅依然按月寄来三十元钱，而且寄来一辆自行车，告诉我："车是你姐夫的，你到郊区上班远，骑车方便些，也可以省点儿汽车钱……"

我从火车货运站取出自行车，心一阵阵发紧。这辆银色的自行车跟随姐夫十几年。我感到车上有姐姐和姐夫的殷殷心意，只觉得太对不起他们，不知要长到多大才不要他们再操心！

我盼望着姐姐能再来北京，机会却如北方的春雨难得。只是有一次姐姐突然来到北京，让我喜出望外。那是单位组织她到北戴河疗养。她在铁路局房建段当管理员，平凡的工作，却坚持天天不迟到、不请假，坚守岗位，因此年年评什么先进工作者都要评上她。这次到北戴河便是对她的奖励，第一次，也是最后一次。十几年没见面了，姐姐明显老了许多，更让我惊奇的是大热的天，她还穿着棉毛裤。我问她怎么了？她说早就得了风湿性关节炎。其实，我们小时候，她的腿就已经坏了，那时候我没注意罢了。我们长大了，姐姐老了，花白的头发飘飞在两鬓。她把她的青春献给了内蒙古，也融入了我和弟弟的血肉之躯！

我和弟弟都十分想念姐姐。想想，以往都是她千里奔波来看我们，这次，我大学毕业，弟弟考取大学研究生，利用暑假，我们各自带着孩子专程去看望姐姐！这突然的举动，好让姐姐高兴一下！是的，姐姐、姐夫异常高兴，看见了我们，又看见了和我们当年一般大的两个孩子，生命的延续让人感到生命的力量。离开北京前，我特意买了两挂厄瓜多尔进口大香蕉，那曾是小时候姐姐和我们最爱吃的。我想让姐姐吃个够！谁知，姐姐看着这样橙黄、硕大的香蕉，不舍得吃，非让我们吃。我和弟弟不吃，她又让两个孩子吃。两个孩子真懂事，也不吃。直至香蕉一个个变软、变黑，最后快要烂了，还是没人吃。没人吃，也让人高兴！姐姐只好先掰开一只香蕉送进嘴里："好！我先吃！都快吃吧，要不浪费了多可惜！"我从来没有吃过这样美味的香蕉！悄悄地，我想起小时候姐姐从武汉买回的芭蕉。人生的滋味真正品味到了，是我们以全部青春作为代价。

　　昭君墓就在呼和浩特近郊，姐姐在这里生活了这么长时间，却从来没有去过一次。我们撺掇姐姐去玩一次。她说："我老了，腿也不行，你们去吧！"一想到她的老关节炎腿，也就不再劝，我们去的兴头也不大，便带着孩子到城里附近的人民公园去玩。不想那天玩到快出公园大门，天突然浓云四布，雷雨大作。塞外的豪雨莽撞如牛，铺天盖地而来，那阵势惊人，不知何时才能停下来。我们只好躲在走廊里避雨，待雨稍稍小下来，望望天依然沉沉的，索性不再等雨过天晴，领着孩子向公园门口跑去。刚跑到门口,就听前面传来呼唤我和弟弟的声音。真没有想到,是姐姐穿着雨衣,推着车,站在路旁招呼着我们,后车座上夹满雨具,不知她在这里等了多久!雨珠一串串从打湿的头发梢上滚下来,雨衣挡不住雨水的冲击,姐姐的衣服已经湿漉漉一片,裤子已经完全湿透,紧紧包裹在腿上……

　　姐姐!无论风中、雨中,无论今天、明天,无论离你多近、多远,我会永远这样呼唤你,姐姐!

茴維當就茶

笔床茶灶，
冷暖自度

笔下犹能有花开

秋末冬初,天坛那排白色的藤萝架,上边的叶子已经落得差不多了。想起春末,一架紫藤花盛开,在风中像翩翩飞舞的紫蝴蝶。还是季节厉害,很快就将人和花雕塑成另外一种模样。

没事的时候,我爱到这里来画画。这里人来人往,坐在藤萝架下,以静观动,能看到不同的人,想象着他们不同的性情和人生。我画画不入流,属于自娱自乐,拿的是一本旧杂志和一支破毛笔,倒也可以随心所欲、笔随意驰。

那天,我看到我的斜对面坐着一位老太

太，个子很高，体量很壮，头戴一顶棒球帽，还是歪戴着，很俏皮的样子。她穿着一件男士西装，不大合身，有点儿肥大。我猜想那帽子肯定是她家孩子淘汰下来的，西装不是孩子的，就是她家老头儿穿剩下的。老人一般都会这样节省、将就。她身前放着一辆婴儿车，车的样式，得是几十年前的了，或许还是她初当奶奶或姥姥时推过的婴儿车呢。如今这婴儿车已经废物利用，变成了她行走的拐杖。车上面放着一个水杯，还有一块厚厚的棉垫，大概是她在天坛遛弯儿，如果累了，就拿它当坐垫吧。

老太太长得很精神，眉眼俊朗，我们相对藤萝架，只有几步距离，彼此看得很清楚。我注意观察她，她也时不时地瞄我两眼。我不懂那目光里包含什么意思，是好奇，是不屑，还是不以为然？正是中午时分，太阳很暖，透过藤萝残存的叶子，斑斑点点洒落在老太太身上，老太太垂下脑袋，不知在想什么，也没准儿是打瞌睡呢。

我画完了老太太的一幅速写像，站起来走，路过她身边时，老太太抬起头问了我一句："刚才是不是在画我呢？"我像小孩爬上树偷摘枣吃，刚下得树来要走，看见树的主人站在树底下等着我那样，有些束手就擒的感觉。我很尴尬，赶紧坦白："是画您呢。"然后打开旧杂志递给她看，等待她的评判。她扫了一眼画，便把杂志还给我，没有说一句我画的到底像还是不像，只说了句："我也会画画。"这话说得有点儿孩子气，有点儿不服气，特别像小时候体育课上跳高或跳远，我跳过去了或跳出来那个高度或远度，另一个同学歪着脑袋说："我也能跳。"

我赶紧把那本旧杂志递给她，对她说："您给我画一个。"她接过杂志，又接过笔，说："我没文化，也没人教过我，我也不画你画的人，我就爱画花。"我指着杂志对她说："那您就给我画个花，就在这上面，随便画。"她拧开笔帽，对我说："我不会使这种毛笔，我都是拿铅笔画。"我说："没事的，您随便画就好！"

架不住我一再请求，老太太开始画了。很快她就画出一朵牡丹花，还有两片叶子。每个花瓣都画得很仔细，手一点儿不抖，我连连夸她："您画得真好！"她把杂志和笔还给我，说："好什么呀！不成样子了。以前，我和你一样，也爱到这里画画。我家就住在金鱼池，天天都到天坛来。"我说："您就够棒的了，都多大岁数了呀！"然后我问她有多大岁数了，她反问我："你猜。"我说："我看您没到八十岁。"她笑了，伸出手冲我比画："八十八啦！"

八十八岁了，还能画这么漂亮的花，真让人羡慕。我不知道能不能活到老太太这岁数，能活到这岁数的人，身体是一方面原因，心情和心理是另一方面原因。这么一把年纪了，心中未与年俱老，笔下犹能有花开，这样的老人并不多。

那天下午，阳光特别暖。回家路上，总想起老太太和她画的那朵牡丹花，好几次忍不住翻开那本旧杂志来看，心里想：如果我活到老太太这岁数，也能画出这么漂亮的花来吗？

河边的椅子

我第一次见到这样的椅子，是在普林斯顿旁的达拉威尔河边。

其实，只是一种防腐木做成的普通长椅，没有油漆，很朴素，在公园里很常见。但是，我见到的椅子后背钉有一块小小的铜牌，铜牌上刻着几行小字，是孩子纪念逝世的父母，最后是两个孩子的署名，一个叫安妮，一个叫斯特凡。

也许，是我见识浅陋，在国内未曾见过这样的椅子，因私人的介入，让公共空间飘荡着个人化的情感，并将这种情感与他人分享。很显然，这是叫安妮和斯特凡的两个孩子思念父母而捐助设立的长椅，很像我们在植树节栽下的亲情树。这真的是一个很好的法子，既可以解决一部分公共事务的费用，又可以寄托私人的情感于更广阔的公共空间。可以想象，在平常的日子里，安妮和斯特凡来到这里坐坐这把长椅，对父母的思念会变得格外实在和别样；而别的如我这样的陌生人偶然路过这里，坐坐这把长椅，会想起这样两个孝顺的孩子，和他们一起把思念付于河边绿树摇曳的清风中。

后来我发现，在达拉威尔河边和它旁边的运河两岸，到处是这样的椅子，椅背上都钉有这样的小铜牌，捐助者通过这把普通的长椅，寄托着他们各种各样的感情，有对逝去的亲人的怀念，有对新婚夫妇的祝福，有对金婚银婚老人的祝贺，有对远方朋友的牵挂，有对老师的感激，有对儿时伙伴的问候，有对子女孙辈的祝愿……普通的长椅，忽然变得不普通起来，仿佛成了盛满缤纷鲜花的花篮，盈盈盛满了这样芬芳美好的祝福；或者像是我们乡间古老的心愿树，枝叶间挂满人们各式各样心愿的红布条。那些平常看不见摸不着的各种情感，有了这样一把椅子的承载，一下子变得丰盈而别致，可以让人触手可摸了。

当然，人们表达情感，有许多方式，如今流行的是手机短信和贺卡。在美国的商店里，卖贺卡的专柜非常丰富多彩，花哨而多样，分门别类，细致入微，如同手机短信一样早就替你设计好了各种各样的感情抒发，光是给孩子的，就分男孩女孩，从刚出生到一至十二个月，一岁、两岁，一直到十几岁，各种图案，不同祝词，应有尽有，供你各求所需。这样的感情表达，似乎已经程式化、格式化，远不如河边的椅子这样的情感表达朴素，而且又和大自然融为一体。

后来，我发现并不仅仅在河边，在很多地方，包括小镇，也包括城市，在公园，在路边，在博物馆的花丛中，都有这样的椅子和我不期而遇。椅背上小小的铜牌，像是从椅子上开出的一朵朵金色的小花，喷吐着那些我永远也不会认识的陌生人的各种情感。虽然，人是陌生的，但那些情感却是熟悉的，是亲切的，是放之四海而皆准的。在陌生的地方，每发现这样的椅子，我都要暗暗地惊喜一番，都要在椅子上坐一会儿，细细品味一下捐助者通过这把椅子所要表达的情感，然后猜想他们长什么样子，想象着他们会不会常常来看看这把椅子，就像常常来看望他们的亲人或朋友一样，坐开桑落酒，来把菊花枝，虽然恬淡，却明净清澈，宁静致远；还是他们像寄送贺卡一样，随手抛掷，时过境迁就忘掉了，然后再如法炮制，派送一张新的贺卡？

我不知道美国人如何对待这样的椅子，我对这样的椅子充满感情和想象，以为这样的情感表达方式，在感情表面是九百九十九朵玫瑰的奢靡实际却已经日趋淡化和形式化的现代社会，是一种朴素而低调的方式，虽不可能完成对人们感情的救赎，起码可以让我们回归质朴一些的原点。

诗与成都

和其他一些城市相比,成都的一个特别之处,便是它和诗的关系格外特别。

成都古今出过的诗人很多,历代来过成都的诗人更是无数,他们的诗再漂亮,并不足以说明成都就是诗城。能证明成都是一座诗城的,是诗对这座城市的影响,诗如水一样在这座城市漫延的滋润和普及。

曾经在成都最为大众化的茶馆,也有百姓自发写诗的热情。有好事者将自己写好的诗拿到茶馆里张贴,第二天再去一看,应对者已经如云。和诗者,在茶馆里彼此打擂台。茶客们,则在观看中肆意地评点优劣。

诗让人们自得其乐，再没有哪里可以找到如成都茶馆里这样对诗的热闹场景了，想象那劲头赶得上《红楼梦》大观园里的赛诗会吧。

还曾经读到过这样一则故事。说是在半边街魏家祠堂对面开有一家饭馆，战争期间经济拮据，怕人吃饭不给钱或赊账；饭前先要钱呢，又觉得不大好，既怕得罪人，又怕伤自己的面子。店家便写下一首诗，贴在墙上："进门好似韩信，出门赛过苏秦。赊账桃园结义，要账三请孔明。"句句用典，又通俗好懂，众人皆会意而笑，皆大欢喜。在成都，诗不止于诗家之间风雅的唱和，而很实在，很实用，又有几分居家过日子的恬淡和狡黠，以及艰辛日子里的苦中作乐。

再举一例，便是在成都连乞丐都能写诗。一个成都乞丐的"烘笼"诗：烟笼向晓迎残月，破碗临风唱晚秋。两足踏翻尘路，一盅喝尽古今愁。居然把凄凉写得如此诗意盎然。也许，这只是丐帮中的凤毛麟角，但他们确实曾经存在过并为成都留下了不俗的诗作。这在别的城市里，我还真的未曾听说。

1913 年，成都慈善人士在北门一破庙旧址上搭建一排瓦屋，专门供乞丐在寒冬时有个避风的地方，并取了个典雅的名字，为"栖流所"。没过多久，便被乞丐在门上贴了一副对联：是士绅工商之友，与魑魅魍魉为邻。既工稳，又俏皮。

一座平民化的城市，才能够将诗从高雅的殿堂上拉下来，让诗和自己平起平坐。而一座有诗的传统的城市，才能够花开一般，处处都可以绽放出诗来。

成都的诗的传统，得益于杜甫和他的草堂。而诗的传统更是一种文化的底蕴，不是一朝一夕，而是长久岁月的积淀和打磨，才化为了这座城市的血脉和基因。

记得同为诗人的冯至先生曾经说过一段话："人们提到杜甫时尽可以忽略了杜甫的生地和死地，却总忘不了成都的草堂。"这实在是成都的福气。成都人便也格外珍惜这一福分，将杜甫当作自己的诗神，把草堂当成诗的殿堂，每年人日即正月初七这一天，都要到草堂祭拜，已经成为由来已久的习俗。如果没有这样长久的珍惜与敬重，如何能够形成诗的传统？

诗的传统在一座城市走过了一千多年，这座城市又该是一种什么样的成色？

安史之乱后，杜甫携带自己的稚子，从甘肃的同谷步行了一个多月，才走到了成都，投奔到当时任剑南节度使的朋友严武门下。但不多日后，杜甫坚持搬出条件优越的严府，而居于简陋的寺院之中。日后，在浣花溪旁搭建一间茅屋，写下《堂成》一诗，其中"暂止飞乌将数子，频来语燕定新巢"一联，道出了草堂建成时的情景和心情。以后才有了"细雨鱼儿出，微风燕子斜""秋水才深四五尺,野航恰受两三人""自去自来梁上燕,相亲相近水中鸥"……这样情趣盎然却又令我们会心会意、平易得任何人都懂得的诗句。我一直这样认为,正是杜甫自身这样的平民性,才造就了其诗歌的人民性,也才造就了成都这座城市诗歌传统的平民性,让诗和这座城市的人们心心相通。诗不再是高雅的代名词,不再是诗人的专利,而属于大众和这座城市的每一棵树,每一朵花。

成都,不仅是一座茶城,一座花城,一座美食城,还是一座诗城。

白桦树皮诗笺

到北大荒的第一年冬天,在七星河南岸修水利,我们知青被分配住在当地一个叫底窑的小村子里各个老乡家。我住一家跑腿子窝棚,东北话管单身汉叫作跑腿子。他的家空荡荡,除了一铺热炕和炕上的一个小炕桌,再有外屋连着炕的一个锅灶,没有其他的陈设。

他有四十多岁的样子,长得像头生牤子一样壮实,不大爱说话。那时候,知青住在谁家,每天晚上收工后的晚饭,就在谁家吃,最后统一给饭钱。他做饭很简单,没有什么好吃的，但有馒头、玉米粥，有酸菜、冻土豆，能吃饱肚子。盘腿坐在炕桌前吃饭的时候，他爱喝两口老酒，顺便给我也倒上一盅。没有什么下酒菜，他一般就着干辣椒下酒。一口辣椒一口酒，看着就辣得慌，他却非常享受，嘴唇沾着红红的辣椒末，一张嘴像在喷火。在北大荒，除了他就辣椒下酒，我没见过第二位。

这个小村处在一片原始次生林的边上，风景很幽美。老林子里什么树都有，最漂亮的是一片白桦林。这只是当时我浅薄的认识而已，因为除了松柏和杨柳，我只认识白桦，并不认识其他的树木。其实，柞树、椴树、青冈树、黄檗树也都很漂亮，却都是后来才认识的。觉得白桦林最漂亮，主要还是从书中得到的先入为主的印象。没来北大荒之前，看过林予的长篇小说《雁飞塞北》和林青的散文集《冰凌花》，还读过俄罗斯好多诗人的诗歌，他们都把白桦林写得美轮美奂，让我对白桦林充满向往和想象。在想象力的作用下，一切都染上了青春时节想入非非的色彩。

那时候，我喜欢写诗。记不清在俄罗斯哪位诗人那里看到他将诗写在白桦树皮上，心里特别向往，也想把自己的诗写在白桦树皮上，寄给远方的朋友，该会让朋友多么惊喜。那一年，我二十一岁，却依然稚气未脱，充满着那个时代所批判的小布尔乔亚的浪漫情怀，或者如同当地老乡谐谑的，不过是傻小子睡凉炕，全凭火力壮。

收工早时，或歇工时，我一个人悄悄溜进林子里，寻找白桦林。积雪很厚，没过脚脖子，踩在脚下咯吱吱的像碎玻璃在响。阳光从密密的树枝缝隙筛下来，一绺一绺的，如同舞台天幕上打下来散射的光柱，映照得远处的白桦林一闪一闪的，每一棵白桦都像是穿着长筒白靴子的长腿美女，亭亭玉立在那里等待着演出开始。白桦树皮很好从树上剥下来，有的已经干裂出口子，可以不用小刀，用手就能直接剥下来。不一会儿，就剥下好多，我选择了两块平整厚实的白桦树皮，带回跑腿子窝棚。

那时候，我爱用鸵鸟牌天蓝色的墨水。天蓝色的诗句，抄写在洁白的白桦树皮上，一下子就洇开了，让那些字有些变形，每一个字立刻像花朵绽开了花瓣，变得不大像我写的，好像白桦树皮是个魔术师，让我写下的诗句变换了另一种模样登场。这让我觉得特别好玩，想象着寄到远方朋友那里，朋友看到后惊讶的表情，心里满是喜悦，忘却了修水利的辛苦和寒冷。如果说诗是当时艰苦生活之中一种顾影自怜的自我慰藉，那么，写在白桦树皮上的诗，更是对苦涩的青春时节的一种诗化、幻化，甚至是自以为是的美化。不过，尽管显得有些可笑，却毕竟在我青春残酷的记忆里存有一丝丝诗意。那一年修水利，用炸药炸开冻土层的时候，飞起的土块砸伤了我的右腿，留下一块伤疤，也留下白桦树皮诗笺的一点温暖记忆。

写好的那两块白桦树皮诗笺，没过几天，竟然就萎缩了，干裂出好多大口子。别看北大荒室外朔风呼啸、天寒地冻，屋里却烧得很暖。这里紧挨着老林子，木头有的是，大块大块的松木桦子，可劲儿扔进火炉里，火苗蹿起老高，烤得人发热。本来就很干燥的白桦树皮，更经不住这样烤，无可奈何地被烤裂了。

那个跑腿子走过来，看到我手里拿着裂了好多大口子的两块白桦树皮诗笺发呆，冷笑两声，没说什么，走出了屋子。那冷笑中，明显带有几分嘲笑，天寒地冻的，还玩这种小把戏？晚上吃饭的时候，他就着他的辣椒下酒，给我倒了一盅。我没理他，也没喝他的酒。

我又进林子剥下几块白桦树皮，在上面写好了诗，放在屋子的外面，让它们风干。但是，几次试验，还是失败了。离开了白桦树的树皮，还是裂开了口子，而且，脆薄得一碰就坏。白桦树皮，变成白桦诗笺，就像从朋友变为恋人，不那么容易呢。

开春时分，七星河开化了，老林子转绿了，大雁清亮地叫着飞过底窑的上空，修水利的活算告一段落了。最后一顿晚饭，跑腿子熬了一锅酸菜白肉，不是他特意寻摸来难得的猪肉，而是底窑这个村子特意为知青杀了一头猪的缘故。地方的村子和我们农场常互通有无，要搞好关系。

他照例倒上酒，也给我倒上一盅；照例就着干辣椒下酒，也递给我一根辣椒，让我尝尝，难得说了句："饺子就酒，越喝越有；辣椒就酒，也是越喝越有。"我没敢吃这玩意儿，他接着劝我："你吃了它，我给你个好玩意儿！"我还是没吃，心说你一个跑腿子，能有什么好玩意儿！他见我没吃，一下站了起来，跳下炕，对我说了句："你还不信？"就走出了里屋。不一会儿回来了，手里拿着个东西，走过来递在我的手里："看看！我骗你吗？"

我接过来一看，原来是一块白桦树皮。

他爬上炕，盘腿坐在炕桌前，指着白桦树皮对我说："你以前弄的那玩意儿不行，树皮一干就瘪犊子了，得让树皮带一点儿树肉才结实。"

听他这么一说，我才注意到这块树皮确实厚一些，还发现上面油晃晃的,很光滑,便问他:"你涂油了?"

他点点头:"涂了一层桐油,它就不裂了。"

我谢了他,一口咬下那根红红的干辣椒,喝了一口酒,辣得我嗓子眼儿直喷火,不住地咳嗽。他哈哈大笑起来。

第二天,大便时都是火辣辣的。

借书奇遇记

1971年的冬天。那天,大烟泡儿铺天盖地地刮了一整天。我在二队的猪号里干完活,刚吃完晚饭不久,饲养棚的门被推开了,是我一个在场部兽医站工作的同学。看着他一身雪花像个雪人一样突然出现在我的面前,心里很是惊讶。从他那里到我这里,要走整整十六里的风雪之路呀。我以为出了什么事情。

他不容分说,让我赶紧穿好衣服,匆忙地拉着我就往外走。外边的雪下得正猛,我们两人冲进风雪中。白茫茫的一片,立刻吞没了我们。

一路上，我才知道，他们兽医站有一个叫作曹大肚子的人，是钉马掌的，不知怎么听说二队出了我这么一号人，挨整后发配到了猪号。同学告诉他"这个肖复兴是我的同学"，而且，还告诉他我特别想看书，把从北京带去的一箱子书都翻烂了……只那么随便地一聊。就在那天傍晚要收工的时候，曹大肚子对我的这个同学讲："你让你的那个同学肖复兴来找我！他不是爱看书吗？"

"你听听，他这口气，不小呢。我这不立马儿就跑来找你，不管他是真有书还是假有书，明天一清早，他来上班看见你在兽医站等着他呢，先表明咱们心诚。"

他想得真周到。那时，队上只有队部里一部电话，根本不会为我跑到猪号那么老远去传电话，他只好跑那么远，顶着风雪来回三十二里的奔波，我心里翻起一阵热浪头。

虽然对这个曹大肚子心存疑惑，但也幻想着他备不住会藏龙卧虎，别错过了机缘而遗憾。书，仅仅是为了书，而不是如今时髦的美景或美女什么的，竟然也能够有如此诱惑，冬天里的一把火一样，立刻燃烧起腾腾的火焰，从心里一直蹿到天灵盖，让我们有一种"远道赴约绝对不能迟到"的蓦然而起的冲动。

我们两人急匆匆往兽医站赶，在零下几十度的寒夜里，竟然走出了一身的汗。第二天一清早，曹大肚子出现在我们的面前，我的同学向他介绍我的时候，我看出他有几分惊讶。没有想到风雪之中我们是如此神速。

第一印象，是很深刻的：中等个儿，很胖，穿着一身旧军装，挺着小山凸起般的大肚子，双手背在身后，眼睛望着上面，似乎根本没有看我，有几分傲慢地问我："你都想看什么书呀？写个书单子给我吧！"

我当时心想，莫非这家伙真是有藏书，还是驴死不倒架摆这个派头？因为昨天夜里和同学在一铺炕上睡觉时，我已经向同学打听清楚了，他以前是我们农场办公室的主任，当过志愿军人，1958年十万转业官兵到北大荒的时候，从辽宁的沈阳军区来到了北大荒，1965年开发大兴岛时，从七星河调到这里。"文化大革命"之后，发配到兽医站钉马掌。

听他说话那口气，似乎不容置疑，半信半疑之中，我写下三本书的书名。到现在依然清晰地记得：一本是亚里士多德的《诗学》，一本是伊萨科夫斯基的《论诗的秘密》，一本是艾青的《诗论》。说老实话，我心里是想为难他一下，别那么牛，当时这三本书就是在北京也不好找，别说在这荒凉的北大荒了。我是不相信，这样三位老人，能存活在一片风雪荒原之上的。

谁想到，当天的下午，他来兽医站上班，把用报纸包着的三本书递在我的手中，打开一看，一本不差，还真的是这三本书。我对他不敢小看，不知水到底有多深。

在北大荒最后的两年多时间，曹大肚子那里成了我的图书馆。但是，每一次借书，他都要我写个书单子，他回家去找，这成了一个铁打不动的规矩。一般他都能够找到，如果找不到，他就替我找几本相似的书。他从不邀请我到他家直接借书。我也理解，既然藏着这么多的书，他肯定不想让人知道，要知道那时候这些书都是属于"封资修"，谁想引火烧身呀？况且，他正在倒霉，一顶"走资派"的帽子拿在群众的手里，什么时候想给他扣上就能够扣上。如果加上他借这样的书给我，一条罪状：腐蚀知识青年，够他喝上一壶的了。我便和他一直保持着这样的借书关系，每一次都跟地下工作者在秘密交换情报似的。破报纸里包着的只有我们知道的秘密。

曹大肚子的书，帮助我抵挡了身边的孤独，内心的苦闷，还有日复一日的无聊与漫长。在我二十四岁到二十七岁那三年的时间里，那些书帮助我迈过了人生关键的门槛，让我觉得即使是孤独和苦闷也是美好的，即便衣衫褴褛，心里也是富有的，足以抵挡眼前一切的风雪弥漫，好像总会觉得有什么美好的事情，有谁远处的呼唤，会在寒村荒原上发生、回响。

记得第二年的开春，我在二队播种，站在播种机的后面，看着大豆的种子一粒粒地撒进地里，远处朦朦胧胧闪动着绿茵茵的影子，忽然感觉就在那一刻，地头上走来一个女知青的影子，像是我童年时结识的女友，她一步一步姗姗地向我走来，我竟然那样不管不顾，立刻从播种机上跳了下来，向地头跑了过去。跑到了地头，见到的是一个陌生的女人。但那片刻涌动在心头春潮一般的幻觉，是那样让我难忘，尽管也是那样可笑。那一切包括可笑在内的美好幻觉，和如同泡影一样瞬间破碎的想象，我知道，都是从那时读过的书中得来的。那些书，都来自曹大肚子。是他的那些书给予我这些幻觉和想象，让我可笑，却不再可怜，而有了旁人所没有的自我感动，甚至是激动人心的瞬间。

我曾经把这一时错觉和可笑的举动对曹大肚子讲过。我等待着他的赞赏，或嘲笑。但是，他静静地听我讲完，没有说什么，只是轻轻地拍了拍我的肩膀。过了几天，见到我，他对我说："我没看错你，你一定会写出东西来的。"

我一直把曹大肚子当成我的知音，尽管那时我还没有发表一篇东西，但是，我已经悄悄地在写，而且一口气写了十篇散文。我曾经拿出其中几篇给他看过，他看后没对文章有什么臧否，只是问我："你看过林青的散文吗？"我知道林青是北大荒的一位作者，和曹大肚子一样，都是1958年复员转业到北大荒来的军官。便告诉他，我初三的时候，买过一本林青的散文集《冰凌花》，是上海少儿出版社出版的。听我说完，他又问我："林青还有一本散文集，你看过吗？"看我迟疑的目光，他接着说："是《大豆摇铃的时节》，我应该有，我回去给你找找。我看你写的散文，和他有点儿像。"他说话不动声色，从来都是这样，但我能够感到他冷面中一份压抑或隐藏的感情。

在荒凉的北大荒，居然还有这样一个人，私藏有这样多的书，不仅借我，还主动推荐给我看，好像他家里是一个无底洞，藏着我永远也看不完的书。这简直是一个不可想象的奇迹。对于曹大肚子，我有时觉得他是个怪人。我很想接近他，但他和我总是若即若离，像一朵缥缈的云彩，你总是摸不着它。说老实话，我想接近他，是因为心里总是充满好奇，这家伙到底藏着多少书？他越是不让我到他家去自己挑书，我便越是蠢蠢欲动，总想到他家里去看个究竟。

这样的念头就像是皮球一次次被我压进水里，又一次次地浮出水面。心有不甘，又不忍心打搅他，生怕有什么闪失，或者惹他生气，断送了我好不容易从天而降的借书的道儿。

只是，这样的念头，像冻僵而未死的蛇一样，会在突然之间苏醒过来，吐着蛇信子，咬噬我的心，无比的难受。

1973年的深秋季节，我下决心不请自到去他家里一探虚实。之所以时间记得这样清楚，是因为到现在也忘不了那个晚上，我刚刚推开他家的篱笆门，一条大黄狗汪汪叫着就扑了上来，吓得我连连后退，那大黄狗还是一步就蹿了上来，一口咬在我的右腿上，把我扑倒在地。曹大肚子两口子闻声跑了出来，一看是我，把狗唤住牵过去后忙问："咬着没有？"幸亏是秋深时候天冷了，我穿着厚厚的秋裤，才没咬伤我的肉。所以，那个惊魂未定的秋夜，无形中加深了我对曹大肚子的印象。

外面的裤子和里面的秋裤都被咬了个大口子。这条大黄狗够狠的。曹大肚子不好再把我拒之门外了，只好无可奈何地把我迎进门。门旁站着一个胖乎乎的小姑娘，好奇地望着我，无疑是曹大肚子的闺女了。

一进屋，我就四下打量，一间屋子半间炕，几把破椅子，一个长条柜。那些书都藏在哪里呢？莫非就像是安徒生的童话，伸手即来，撒手即去吗？曹大肚子的老婆让我脱下裤子，指着灶台边的另一间屋说："我那儿有缝纫机，我帮你把裤子上的大口子缝上。"

曹大肚子把我请上热炕，给我倒了一杯热水，他那个小闺女一直在一旁好奇地望着我。我的心还在他的那些藏书上面呢，根本没有怎么注意他们这一家三口。我开始怀疑炕对面贴墙的那一面大长条柜，会不会把书藏在那里面？就像阿里巴巴的那个宝洞，只要我喊一声"芝麻开门"，就能够向我敞开里面的秘密？

曹大肚子知道我到他家来的目的，只是不请自来，让他没有料到。他还是像平常那样不动声色，递给我一张纸和一支笔，依然是老规矩，让我先写书名，然后拿起我写的书单子，没有任何表情地说了一句："我帮你找找看。"看来我被他家狗咬的惊险举动，根本没有感动他。

记忆真是非常地奇特，很多事情都忘记了，但那天晚上写的书名，过去了将近五十年，还是记得非常清楚。我写的是陈登科的《风雷》、王汶石的《风雪之夜》、费定的《城与年》、卡维林的《一本打开的书》几本书名。他让我等等，自己一个人走出了屋。他的老闺女跟着他也出了屋。屋里只剩下了我一个人，一下安静了许多。幽暗的灯光下，对面的长条柜泛着乌光，像头睡着的老牛。他老婆替我补裤子轧缝纫机的声音，阵阵传来，一切显得有几分神秘，总觉得好像有什么事情要发生似的。

我犹豫了一下，穿着一条秋裤，还是悄悄地跟着他走出了屋。他老婆踩着缝纫机的声音很响，像是响着的我怦怦的心跳。只见他提着一盏马灯，走出屋子，往旁边一拐，进他家屋旁的一间小偏厦，那是一般家里放杂物和蔬菜的仓库。门很矮，他凸起的大肚子很碍事，弯腰走进去有些艰难。看他走进去了半天，我在犹豫是不是也跟着进去。

为什么要把他的秘密打破呢？干嘛不让它像是童话一样保留在他的心中，也保留在我的心中呢？况且，那条大黄狗正吐着舌头，蹲在偏厦门口不远的地方，凶狠狠地望着我，真怕我一走过去它就向我扑过来。

秋风瑟瑟，掠过树梢吹过来，吹得树叶子飒飒直响，吹得我身上有些发抖。但那时候我还年轻，到底忍不住好奇心的诱惑，豁出去了，还是走了过去，一边走一边胆战心惊望着那狗，还好，它没叫唤，也没扑过来。

走进偏厦一看，好家伙，满满一地都是用木板子钉的箱子，足足十几个，里面装的都是书。它们趴在有些潮湿阴冷的地上，像趴着一个个怪兽，冷眼嗖嗖地看着我。那一刻，我真的有些震惊，想不到一个老北大荒人，在那样偏僻的地方，居然能够有那么多的书。那么多的书，他是怎么从沈阳那么老远那么费劲巴哈地搬了过来，又藏了下来呢？我心里暗想，这得花多少工夫、精力和财力，才能够做到啊！

曹大肚子正俯着身子，聚精会神地替我找书。我站在他的身后好久，他居然没有发现。门敞开着，风吹进来，吹得马灯的灯芯弓着和他一样的样子，和他胖胖弯腰的影子一起映在墙壁上，很像是一幅浓重的油画。那条大黄狗已经悄悄地走到了偏厦门口，翘起尾巴蹲在那里，我们都没有发现。

这时候，他回过头来，看见了我，他先是惊讶得眉毛一跳，然后是嘿嘿地一笑，我也跟着他嘿嘿地一笑，我们的笑都有些尴尬。那一刻，我到现在还清晰地记得，他的手正从箱子里拿出陈登科的《风雷》的上册。

从此，他家对我门户开放。在以后返城的日子里，我曾经写过一本小说，叫作《北大荒奇遇》，有人曾经问过我："北大荒真的发生过什么奇遇吗？"现在想想，如果说我在北大荒真有什么奇遇的话，到曹大肚子家去探宝，该算是一桩吧！

可惜这样的好日子不长，第二年的春天，我就离开了北大荒。离开大兴岛前，曹大肚子请我到他家吃了一顿晚饭，非常奇怪的是，他老婆炒的别的菜，我都不记得了，唯独曹大肚子端出的一盘糖拌西红柿，我总也忘不了。那个年代，还有保存到春天的西红柿，也真算得上是奇迹了。盘腿坐在他家炕上吃饭的时候，太阳还没有完全落山，夕阳辉映在他家窗户上那猩红的影子，总好像就在眼前闪动一样。现在，只要一想起那天他请我吃饭，我想起的就是那盘西红柿，就是窗户上夕阳那猩红色的影子。

我一直这样认为，在动荡的知青岁月里，唯有这三者给我们以默默的帮助和一点一滴的救赎：一是我们自己的爱情，一是当地质朴的百姓，一就是那些难忘的书籍。爱情是我们的一针补剂，百姓是我们的一碗垫底的酒（就像当时革命样板戏《红灯记》里李玉和唱的那样：有这碗酒垫底，什么都能够对付），书籍就是一帖伤湿止痛膏。我非常感谢曹大肚子和他的那些书，在那些充满寂寞也充满书荒的日子里，他家的那些书奇迹般地出现，从那些发黄发潮的纸页间，从那些密密麻麻的白纸黑字里，跳出了无数神奇的神灵，不仅滋养了我贫瘠的感情和精神，帮助我拿起笔学习写作，还让我感受到荒凉的北大荒神奇的一面，让我对这片土地不敢小视、不敢怠慢、不敢轻薄，让那些逝去了的日子有了丰富而温暖的回声，什么时候只要在心里轻轻地呼唤一下，就能够响起遥远的共鸣。

荒原上的红房子

那时候，兵团组建之后，将北大荒的农场改编为部队编制。我所在的大兴农场变为57团，在团下面新设立一个独立营，叫作武装营。

1972年初春，在二连猪号喂猪的我奉命到武装营报到。武装营组建文艺宣传队，新到任的营教导员邓灿点名将我调去。我和他并不熟悉，知道他是第一批进北大荒开荒的老人，1958年复员转业官兵。1968年，他负责到北京招收知青，我由于家庭出身问题报名未被学校批准，曾经找过他，他破例将我招收去了北大荒。

营部设在三连对面的路口旁,那是一个丁字路口,是进出大兴岛的唯一通道。营部背后是一片荒原,在一望无际的萋萋荒草衬托下,营部显得孤零零的。那是新盖起来的一座红砖房,西边最小的一间是电话交换台,里面住着北京知青小王和哈尔滨知青小刘。东边一间稍大些,住着三连小学的女教师,三位北京知青,两位天津知青。中间最大的房子便是营部,办公室兼宿舍,住着教导员邓灿、副教导员和副营长,还有通讯员和我。一铺火炕上,晚上睡着我们五个人。

我很快就和大家熟络了起来。通讯员喜子是我们二连农业技术员的儿子,我刚到二连的时候,他还是个孩子,跟屁虫一样成天跟在我们知青的后面一起玩,自然一见如故。他有辆自行车,为了到各连队通知各种事情。没事的时候,他常骑着自行车驮着我,到处疯跑。团部放露天电影,他更是驮上我,骑上八里地去看电影。

开头那些天,宣传队其他从各连队调来的人还没来报到,白天,几位领导下地去忙的时候,屋子里就我一个人,交给我的任务是在这段时间里写一整台的节目。写累了,我便去交换台和小王、小刘聊天。小王爱说,小刘爱笑,交换台房间不大,她们两个整天憋在那里,也闷得慌。我一去,都很高兴,窄小的交换台里便热闹得像喜鹊闹枝。那时候,小王有个对象,也是北京知青。小刘没有对象，我问她："人家小王都有对象了，你怎么没有？眼珠子比眉毛高？"她冲我摇摇头说："我不想找！"我问为什么。她说："我不想一辈子就待在这儿，我想回哈尔滨。"

隔壁的老师们见我实在无聊，建议我去学校讲课，作为调节。我去了，上了一节数学课，教室的窗户四面洞开，春天的风吹进来，带着荒原上草木清新的气息。学生们明亮又好奇的眼睛，让我感觉良好。

休息天，副教导员和副营长都回家了，只有邓灿留下来，他不仅没结婚，甚至连对象都没有。想想那时候，他三十出头了吧。有时，他对我和喜子说："走，打猎去！"便拿起他的双筒猎枪，带着我们两人去了荒原。

宣传队的人到齐后，每天从早到晚排练，空闲的日子没有了。只有到了晚上回来睡觉，这座红砖房才又出现在我面前，才会让我又想起那些个闲在的日子。荒原之夜，星星和月亮都特别明亮，真正是"星垂平野阔，月涌大江流"。营部的这座红砖房，像是童话中的小屋，即便离开了北大荒那么多年，也常会浮现在我梦中，有时会觉得不那么真实，怀疑它是否真的存在过。青春时的痛苦也是美好的，回忆中的青春常会被我们自己诗化而变形。

武装营的历史很短，一年多之后解散。宣传队便也随之结束，所有人都风流云散。没过多久，我便离开北大荒，调回北京当中学老师。

回北京三年后的一个冬天早晨，我上班路过珠市口，在一家早点铺吃早点，和交换台的小王巧遇。我们一眼认出彼此，她端着豆浆、油条跑到我的桌前，兴奋地说起过往，说起营部的那座红房子。说起彼此的现状，才知道她和那个北京知青早就吹了，原因是她查出来一个卵巢出现了问题，不得不做手术摘除。不过，她调回北京之后找了个对象结婚，有了一个孩子，日子过得不错。

交换台的小刘，我再也没有见过。2015 年冬天，传来她病逝的消息，很让我惊讶。她爱笑、爱唱、爱跳。她终于如愿以偿回到哈尔滨，却那么早就离开了我们。

1987 年，我到佳木斯，知道邓灿已经在农垦总局当副局长，家就在佳木斯。我到他家拜访，见到了他和他的夫人陈荫萍。陈原来和我同在二连，也是北京知青，先开康拜因（联合收割机），后当会计。我和她熟悉得很，初到北大荒，她还为我缝过被子。只是不知道，其实早在当年邓灿到北京接收北京知青时，她就对邓灿有了好感，算是一见钟情吧。我在武装营时，他们的信件往来已如长长的流水，合在一起够一部长篇小说的容量了。那一晚，在他们家吃的晚饭，喝的北大荒酒，喝到夜深，月明星稀。

去年①中秋节前，我微信问候邓灿，给我回信的是陈荫萍。没有想到她告诉我老邓患了阿尔茨海默病，尽管是初期，不严重，却时而清醒，时而糊涂，身体大不如以前。想起以前他带我踏雪荒原打狍子时的情景，恍若隔世。

2004年，我重返北大荒。当年营部的通讯员喜子，已经是农场建三江管理局的副局长，他开着辆吉普车迎接的我。想起当年他骑着自行车驮着我看露天电影，我指着吉普对他说："真是鸟枪换炮了！"要说，他也是我看着长大的，昔日的友情，由于这么长时间的发酵而变得格外浓烈。我请他开车带我走访原来我们二连的铁匠老孙，才知道一年前老孙已经去世了，感时伤怀，我和老孙的爱人忍不住一起落泪。

谁想到，临别前的酒席上，喜子喝多了，醉意很浓地和我说起老孙的爱人："她什么都不是，你看看她家都弄成了什么样子，鸡屎都上了锅台……"这话一下子把我激怒了，我指着他的鼻子说："她什么都不是，那你说说你自己是什么？你当个副局长就人五人六了……"我们竟然反目相向，怒言以对。酒桌

注：①此文创作于2021年，文中"去年"指的是2020年。

前的争吵，都是借着酒劲儿的发酵，现在想想有些后悔，毕竟在荒原那座红房子里同吃同住一年多。时间，可以酿造友情，也可以阻断友情吗？

一起回三队的时候，我曾经对他说去看看营部那座红房子。他对我说早拆掉了！我还是坚持要去看看，他把吉普车停在丁字路口等我，我一个人向原来营部的方向走去，那里是一片麦海，它前面的大道旁是一排参天的白杨。

夏日酷烈的阳光下，麦海金灿灿的，白杨树阔大的叶子被晒得发白，摇出海浪一样的声响。

女人和蛇

欧文小镇是印第安纳州一个袖珍小镇，之所以出名，是因为这里有温泉。如今的人们在公园里建了一座自然中心，里面展览这里独有的物品，还有活物。活物中最多的是鸟、乌龟和蛇。

正是中午，乌龟和蛇正在吃午餐。我和孩子们正在围着箱子看蛇吃小鱼，一位身穿工作服的老太太走了过来。她告诉我们，这条蛇今天已经吃了十几条小鱼，刚才是它吃的最后一条小鱼。说着，她弯腰蹲下来，将手臂伸进箱子里，把那条蛇拿了出来，对我们说："你们可以摸一摸它，它很听话，不伤人的。"那条蛇足有七八米长，碗口那样粗，顺着她的胳膊，像是电影里的慢镜头一样，缓缓地蜿蜒着、舒展着身子，蜷伏在她的胸前。那样子显得很温驯，但我没敢去摸，倒是孩子们跃跃欲试。

老太太接着告诉我们，这条蛇是十多年前她在展览馆门口看见的，它像是要爬进展览馆，老太太弯腰抱起了它，一直养到了今天。说着，她走到展柜前，把蛇放了进去，又引我们站到展台前，打开一本画册，翻到有一条小蛇的那页，说这就是十三年前拍下的照片。

老太太笑着告诉我们，这条蛇特别有趣，最爱闻巧克力的味儿，虽然它并不吃巧克力。有一次，在喂它吃食的时候，她刚刚吃了一块巧克力，被它闻到了，"以后只要你一吃巧克力，它老远就闻到，就会显得很兴奋，向你爬过来。而且，以后几乎每一次在喂食的时候，它都要你张开嘴，看看你嘴中有没有巧克力。那样子，就像一个孩子。"

也许，是整天和这些不说话的动植物打交道闷得慌吧，老太太渴望和人交流。不过，这只是我的猜度，很快就被她的话所打破。她好像猜透了我对她的揣摩，告诉我们她自己的经历。原来她从小在这个小镇上长大，硕士学的航天工程，有一份很不错的工作。但是，大概是这里独特的自然环境对她的影响至深，于是她常常会到这个自然中心来，开始当志愿者，一当当了十多年，人家看她确实是想到这里来工作，就把她接收为正式的工作人员。她高兴地说，这是她最愿意做的工作。一个人，一生中能够有一个理想的爱人，有一个美满的家庭，有一份自己愿意做的工作，就是最幸福的了。

我听完老太太这番话，对她刮目相看。想起一辈子写森林大自然的俄罗斯作家普列什文的话："世界是美丽非凡的，因为它和我们内心世界相呼应。"他在这里说的"世界"，就是森林和大自然。但是，他同时又强调，"一个人是很难找到自己心灵同大自然的一致的"。他在这里强调的"很难"，是指如我一样的一般人，但他和这位老太太却属于心灵和大自然相呼应、相一致的人。

临离开欧文小镇的时候，取了一份介绍小镇的册页，那上面有宣传口号为自己立言：sweet ouwen。想想，这个sweet，用在这位老太太身上，倒也真合适。这个sweet，对于她是甜蜜，更是幸福。

万圣节的南瓜

万圣节前夕,我住的海德公园社区,家家门前都早早地摆上了南瓜。各家有各家的风格,那南瓜摆得都非常有意思,有的从路边一直摆到门前,仪仗队欢迎客人似的;有的在每个台阶前放一个南瓜,步步登高;有的则左右对称;有的则在南瓜上雕刻上笑脸,做成南瓜灯,迫不及待地迎接节日的到来。

在我看来,世界上许多节日都日渐失去了民俗的本意,而成为一种休闲娱乐的方式。万圣节,在美国更是成为孩子们的节日。因为这一天,孩子们可以兴致勃勃地叩响各家的房门，向那些平常并不熟悉甚至根本不认识的邻居讨要糖吃。而各家都准备好了各色糖果，等待孩子们的到来，一起创造并分享这种欢乐。各家门前的这些南瓜，就像圣诞节的圣诞树，是节日的象征，只不过圣诞树一般是放在家中，而南瓜则是放在屋外的。于是，南瓜便也有了节日共享的意味，颇有些像我们春节的花炮，燃放起来，大家都可以看到，共同欢乐。

那一色黄中透红的南瓜，在万圣节前夕，是那样明亮，给已经有些寒意的初冬天气带来暖意。

唯独有一家人家的房前，没有放一个南瓜。在整个社区显得格外醒目。仿佛一串明亮的珠子，突然在这里断了线，珠子串不起来了。

每天散步，路过这家门前的时候，我的心里都有些怅然。这是一座很大的房子，门前有拱形的院落和左右对称的院门，院门旁各有一株高高的海棠树，连接这两座门的是一座半圆形的花坛。看院子这样气派，这应该是一户殷实的人家，大概不会买不起几个南瓜，在超市里三个大南瓜只要十美金。心想要不就是因为忙，一时顾不过来去超市买南瓜。

又几天过去了，马上就到万圣节了，这家门前还是没有一个南瓜。门前的樱桃树结满红红的小果子，花坛却没有一朵花在开放了，秋风一吹，院落里落满凄清的树叶，也没有人打扫。

我有些奇怪，便向人打听，这是怎么回事呢？这样的情景和节日太不相吻合，和这样气派的房子也不大吻合。

有人告诉我，这家的主人是位医生，不知犯了什么案，被判了刑，关进监狱。这座房子被银行收走，他的家人只有在这里住一年的权限。我从来没见过这家的女主人，只见过他家有两个男孩子和一个女孩子出入，年龄都不大，两个男孩子像是中学生，妹妹小，大约只上小学。心里也就多少明白了，家里缺少了主心骨，大人孩子过日子的心气也就没有了，再好的房子和院子也就荒芜了。况且，缺少家庭主要的经济来源，三个正上学的孩子都需要花销，过日子的局促，自然顾不上南瓜了。心里不禁替这家人惋惜，尤其是替那三个无辜的孩子叹惜，大人们做事情的时候，往往忽略了孩子的存在。但凡想想自己的孩子，做事情的时候也该会让自己的手颤抖一下吧。

那天下午，邻居家的后院里忽然响起了除草机的轰鸣声。这让我很奇怪，因为邻居的除草很有规律，都是在周末休息的时候，还没有到周末，而且人也没有下班，怎么就有了除草的声响呢？我走到露台上去看，发现是那家医生的两个男孩子在除草。他们开来一辆汽车，停在院子前，猜想是他们拉来了自己的除草机，帮助邻居除草，挣一点儿辛苦钱。同时，也猜想是邻居的好心，让这两个孩子挣点钱去买万圣节的糖果和南瓜。

我的猜想没有错。黄昏时候，邻居下班，我问了他们，这是一家印度人，他们腼腆地笑笑，证实了我的猜测。同时，他们还告诉我，这个社区里很多人都知道他们家的事情，都像他家一样将除草的活交给了这两个读中学的孩子。他们不愿意用施舍的姿态，那样会伤孩子的自尊心，他们更愿意以这样的方式帮助孩子，让他们感觉自己像成人一样，可以自食其力，可以为家庭分忧，可以给母亲和小妹妹一点安慰。

果然，第二天，这家的门前摆上了南瓜。是三个硕大无比的大南瓜，大概是三个孩子每人挑选的一个中意的。每个南瓜上都雕刻上了笑脸，在布鲁明顿明亮阳光的照耀下，那三张笑脸非常灿烂。

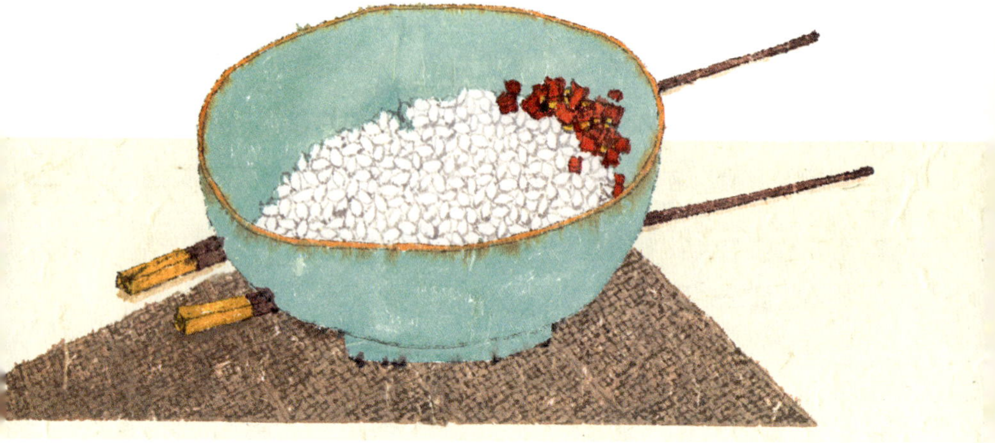

烟火

闲门山深,
开卷梦长

读书是一种修合

英国牛津大学教授约翰·凯里,在他的《阅读的至乐》一书中这样说过:"读书的特别之处在于——书籍这种媒介与电影电视媒介相比,具有不完美的缺陷。电影与电视所传递的图像几乎是完美的,看起来和它要表现的东西没有什么两样。印刷文字则不然,它们只是纸上的黑色标记,必须经过熟练读者的破译才能具有相应的意义。"

我赞同他的说法。电影和电视时代乃至网络时代的到来,使得传统的纸面阅读受到强烈冲击。约翰·凯里教授强调的"必须经过熟练读者的破译才能具有相应的意义",对于今天我们读书而言,格外具有现实意义。他其实就是告诉我们，如今的读书已经成为一种能力，只有具备了这种能力，才能读出书本中相应的意义，才能读出乐趣。这种意义和乐趣，更注重心灵与精神层面。

只是，我们现在常常忽视心灵与精神层面的追求，而是更加重视获取财富或职务升迁的能力。因此，阅读的能力，越来越被人们所忽略，或者仅仅沦为一种带有实用主义色彩的应试能力。与前人相比，我们读书的能力，已经大幅度退步，起码和我们对财富或职务升迁的渴望与热度相比，不成比例。

实际上，传统的纸面阅读，有着不可取代的独特魅力。它蕴含的古典式宁静，和白纸黑字之间弥散着的想象力和慰藉感，是其他任何阅读方式所不可比拟的。它让我们的情感和心灵，有了一个与之呼应而充满悠扬回声的空间。好书总能够让我们仰起头，不再只注意自己鼻尖底下那一点点，而重新看一看头顶浩瀚的天空，太阳还在明朗朗地照耀着，只不过太阳和风雨雷电同在，不要只看见了风雨雷电就以为太阳不存在了。

中华民族是一个有着热爱读书传统的民族，读书应该成为我们民族不可或缺的生活方式之一，成为这个社会的良心，成为我们所有人感情、思想和精神的一种滋养。

读书确实是需要能力的，这种能力的学习、锻炼和培养，需要跳出实用主义的泥沼，从孩子开始，从青春开始。因为读书和种庄稼一样，也是有季节性的，过了这村就没有这店。儿童和青年时期读书，是最好的季节，最容易感受和吸收，最有利于自身心灵与精神的丰富和成长。我常会想起多年前我的读书经历和那些读过的书，便会想，如果漫长的岁月里我没有读过这些书，会是什么样的状况？也许，日子照样过，依然活到了今天，但总会觉得缺少了点儿什么。什么呢？我又说不清，因为它看不见、摸不着，又显得不那么实际、实惠、实用。细想一下，大概是少了阅读带给我的那种美感、善感和敏感，以及无穷的快感和乐趣吧。

有这样两句古语我很喜欢，也常以此告诫自己。

一句是南宋诗人陆放翁的诗："晨炊躬稼米，夜读世藏书。"它能让我想起我们先人的读书情景，那时读书只是一种朴素的生活方式，一边煮自己躬身稼穑的米粥吃一边读书，而不是现在伴一杯咖啡的时髦或点缀。

一句是明永乐年间北京开业的老药铺万全堂中的一副抱柱联："修合无人见，存心有天知。"说的虽是医德，其实也可作读书的座右铭，读书也是一种修合，不是给别人看的，也不是为别人读的，更不是为功名利禄读的。读书人的德行，心知书知，天知地知。

愿把这两句古语，送与热爱读书的年轻朋友们。

生命的平衡

不知道你相信不相信，无论什么样的生命，在短促或漫长的人生中都需要平衡，并且都会在最终得到平衡的。漂亮的白雪公主自然有其漂亮面庞的如意，却也有后母的嫉妒、被人追杀，以及毒梳子和毒苹果的危险等不如意；不漂亮的灰姑娘自然有其悲惨的种种不幸，却也有其终成正果的美好回报。眼睛瞎了，意大利的安德烈·切波里却成为著名的盲人歌唱家；腿残疾了，爱尔兰的克里斯蒂·布朗却用唯一能够活动的左脚敲打键盘，成为著名的作家。个子高的，如姚明，自然成就了他的事业，他可以到美国的

NBA去打篮球，风光无限。个子矮的，就一定不如个子高的吗？如拿破仑，不妨碍他成为盖世英雄。

这就像《红楼梦》里所说的：大有大的难处，小有小的好处。这也就像《伊索寓言》里讲的：高高的长颈鹿可以吃得着高高树枝头上的叶子，却没办法走进院子的矮小的门；矮矮的山羊吃不着高高树枝头上的叶子，却轻而易举地走进了矮小的门。

懂得了生命中的这一点意义，不仅是让我们不必为我们自身的长处而骄傲，不必为我们自身的短处而悲观，也不仅是让我们知道拥有得再多，总会有失去的时候，失去得再多，总会有得到补偿的机会，更重要的是，让我们充分体味到生命其实是一条流淌的河。"乱石穿空，惊涛拍岸，卷起千堆雪"，是生命中的一种情景；"潮平两岸阔，风正一帆悬"，也是生命的一种情景。一条河在流淌的过程中，不可能总是前一种风景，也不可能总是后一种风景，它只有在总体流量的平衡中才会向前流淌，一直流入大江大海。因此，我们不必去顾此失彼，我们不必去刻意追求某一点，而是在这样的生命平衡中，让我们的心态更加从容，让我们的生活更加平和，让我们的人生成为一幅更加舒展的画卷。

今年①我去土耳其，遇见当今被称为土耳其首富的萨班哲先生。说萨班哲先生是土耳其的首富，并不虚传，并不夸张，大街上跑的所有丰田汽车，都是他家生产的；凡是有蓝底白字SA字母牌子的地方，都是他家的产业；凡是有蓝底白字SA字母商标的东西，都是他家的产品。在土耳其，SA的标志，俯拾皆是；萨班哲的名字，家喻户晓。

如此富有的人，却也有命运不济的地方，他的两个孩子，一个儿子、一个女儿，都有残疾。命运，就是和他这样开着残酷的玩笑。他却以为这其实就是生命给予他的一种平衡，而不去怨天尤人。他的想法，和我们古人的想法很有些相似之处：人有悲欢离合，月有阴晴圆缺，此事古难全。想到生命这样的一点平衡的意义，他的心自然也就平衡了。命运在一方面给予他别人无法企及的财富，在另一方面便给予他对比如此触目惊心的惩罚。他想开了，惩罚也可以变成回报，两者之间沟通的桥需要的就是生命的平衡力量。他便将他那么富裕的资财，不是仅仅留给他的两个孩子，而是在伊斯坦布尔修建了一座残疾人的公园，公园里所有的器械都是为残疾人专门设计的，就连游乐场上的摇椅，都有供残疾人不用离开轮椅就可自动坐上坐

注：①此文创作于2004年，文中"今年"指的是2004年。

下的装置。他希望以自己能够做到的事情来平衡更多残疾人不如意的生活，从而使自己不如意的生活达到新的平衡。

萨班哲先生已经七十有余，如此富有，却非常"抠门"。传说他一直到现在，依然是一天只抽一支雪茄，上午和下午各半支；依然是一天只喝一小杯威士忌，是在一天工作完太阳下山之后坐下来喝。但到了该花钱的时候，他一掷千金，如伊斯坦布尔的这座残疾人公园。他在富有和贫穷、健全与残疾、得到与失去中寻找到了自己的平衡。

那天，我们去参观以他的名字命名的萨班哲博物馆。博物馆就建在博斯普鲁斯海峡的岸边，进可以观各种名画和《古兰经》，外可以看海水蔚蓝、海鸥翩翩和博斯普鲁斯大桥的巍峨壮观，真是非常漂亮。这里原来是他的私人住宅，他捐献出来改建成了这座博物馆。在这座博物馆，最有趣的是一间陈列室里，挂满了萨班哲先生的漫画。萨班哲先生请来土耳其的漫画家们，让他们怎么丑怎么画，越丑越好，画成了这样满满一屋子的漫画。有时候，他到这里来看一屋子包围着他的、画着他的那一幅幅丑态百出的漫画，他很开心，他在这里找到了在外面被人或鲜花或镜头所簇拥着、恭维着所没有的平衡，他在这里找到了在两个残疾孩子给予他的痛苦中所没有的欢乐。萨班哲先生真是洞悉了世事沧桑，彻悟了人生三味。他实在是一个智慧的老头儿，懂得平衡的艺术真谛。

我们能够拥有他这样洒脱而潇洒的心态吗？我们能够拥有他这样宠辱不惊的自我平衡的力量吗？如果我们也一样拥有，我们的人生就会和萨班哲先生一样过得充实而愉快，而不会因一时的得意而忘乎所以，因一时的失意而绝望到底，我们便和萨班哲先生一样在世事的跌宕中历练自己，在生命的平衡中体味到人生的意义。

人的一生，从来不可能只有不是天堂就是地狱非此即彼的选择，而总是在这两者之间有一种平衡力量的显示。这样，我们的生命处于一种能量守恒状态中，对生活中所呈现的极端才不会或得意忘形或惊慌失措，比如：有时候我们会处于睡眠状态，有时候我们会处于亢奋状态；有时候我们会如孔雀开屏四面叫好，有时候我们会如老鼠钻木箱两头挨堵；有时候我们需要抹紫药水，有时候我们需要搽变色口红；有时候我们需要开塞露，有时候我们又需要润肤霜……生命就是在这样的阴阳契合、内外互补、得失兼备和相辅相成中达到平衡。寻找这样的平衡，便会寻找到生活的艺术，寻找到生命和人生的意义。生命平衡的力量，其实就是我们平常生活的定力，是我们琐碎人生的定海神针。

书房梦

归有光写过一则短文，叫《杏花书屋记》。文章记述了他朋友父亲的一个梦："尝梦居一室，室旁杏花烂漫，诸子读书其间，声琅然出户外。"父亲将这个梦告诉儿子后，嘱咐道："他日当建一室，名之为杏花书屋，以志吾梦云。"

对于中国的读书人，谁都会有这样一个书屋之梦。坐拥书城，犹如拥有六宫粉黛，书房便不仅成为读书人被人认可的一个标志，也成为读书人对外拿得出手或值得骄傲的一张名片。特别是在住房紧张、经济拮据的年代，书房更是很多读书人可望而不可即的一个梦。

具体到我自己，有这样一个梦，是我读初一的那一年。我的一个同学的父亲，是当时《北京日报》的总编辑。有一天，这位同学邀请我到他家去玩，我第一次见到了书房是什么样子，那一个紧挨一个的书柜里排列着整齐的书籍，让我叹为观止。要是我也有这样一个书房该多好啊！梦在当时就这样不切实际地升腾……

当时，我连一个最简陋的书架都没有，我少得可怜的一些书，只好蜷缩在家中墙角一个只有区区两层的鞋架上。

没有书房，退而求其次，我的梦想是有一个书架也好。

我终于有了一个书架，是在那之后十四年的1974年，我从北大荒返回北京当中学老师。发了第一个月工资，便迫不及待地跑到前门大街的家具店，花了二十二元买回一个铁制书架。那时，我的工资一个月只有四十二块半，花出一半的钱了。买好书架，才想到我无法把书架扛回家，只好找到我的一个力气大的同学，让他一手扛着书架，一手扶着车把，帮我把书架弄回家。

那时，我的书还放不满书架。但是，没过两年，"四人帮"被粉碎了，王府井大街的新华书店门口开始排长队买书了，买回来的书很快挤满了书架。人心不足蛇吞象，一开始的书房之梦，如同冻蛇，僵而未死，蠢蠢欲动地复活。

二十六年之后，我真正有了属于自己的一间比较宽敞的书房。两面墙摆放着当年同学家那样的书柜，书柜里也挤满了那样多花花绿绿的书。我的年龄也像当年同学的父亲一样老了，在书房梦的颠簸中，青春一去不返。

短暂的兴奋如绚丽的焰火，很快逝去，忽然，我有些失落。

记得书放在鞋架子上的时候，那些书，翻来覆去，不知看过多少遍，有的地方，还用那种只有那个年代才有的纯蓝色墨水钢笔抄录在笔记本上。

那个铁制书架上的书，我也全部看过，不仅自己看，还推荐给朋友看。朋友来我家，最爱做的事，就是到那个书架旁翻书，然后抽出一本，朗读一段，和我探讨，或者争论。那时候，书中真像会有黄金屋和颜如玉一般，令我们痴迷。

如今，书柜里的书拥挤不堪，已经扔掉很多，但仍有很多自从买回就没有看过，却还敝帚自珍。

如今，我很少到书房。读书，写东西，都是躺在卧室的床上。

如今，朋友来更是很少到书房，我出的书送给他们，他们都懒得看，哪里还有兴趣和热情去看不相识的别人的书？兴趣和热情，都放在手机上，除非我的文章被放在手机里，他们才会兴致勃勃，重回过去，然后，水过地皮湿，把它删掉，移情别恋新的电子文章。

如今，书房沦落到只是一个摆设，一种虚饰。

归有光在那篇文章中，记述他的那个朋友后来在父亲逝去数年之后，遵照父亲的意愿，"于园中构屋五楹，贮书万卷，以公所命名，揭之楣间，周环艺以花果竹木。方春时，杏花粲发，恍如公昔年梦中矣"。古时，一楹是一间屋子，按照北京老四合院的规矩，一般是建有正房三间，已经足够宽敞了。五间屋的书房，可谓不小，否则，也放不下他的万卷贮书。而他的这位朋友是否都看过或翻过这万卷书，我猜想，尽管古人崇尚行万里路，读万卷书，但恐怕和我书房里那些书的命运一样，是不会读完的，甚至连翻都不曾翻过。

我想起早年看过中国青年艺术剧院演出的一部话剧，是田汉先生的《丽人行》。剧中那个资本家的家里也放有一个书架，他的太太以前爱读书，书架上放满了鲁迅的书，几年过后，书架上的书一本也没有了，放满了她各种各样的高跟鞋。

无论如何，但愿我们书房里的书架和书柜里放着的都还是书。

老手表史记

上中学的时候，有一位女同学和我很要好。我们两家住在同一条胡同里，几乎门对门，挨得很近。她常来家里找我，一起复习功课，一起读诗，一起聊天，一起度过青春期最美好的日子。

高二暑假过后，她来我家，我忽然发现她的腕子上戴着一块手表。那个年月，手表是稀罕物，所谓"缝纫机自行车和手表"三大件之一。大人戴手表的都很少，我家生活拮据，父亲只有一块有年头的老怀表，却不是揣在怀中，而是挂在墙上，当成全家人都能看得到的挂钟。一个中学生戴块手表，更是少见。

我知道，她出身于干部家庭，生活宽裕，这从我们住的院子就可以看出。她家在一个崭新的院落里，大门上方的水泥拉花墙面上有大大的红五星标志，新时代的色彩很明显；我住在一座清朝就有的老会馆里，拥挤破败得已经成为大杂院，大门更是油漆斑驳脱落。

那是1965年的秋天。她腕子上的这块手表，映着透过窗子照进来的夕阳的光线，一闪一闪的，像跳跃着好多萤火虫，让我的心里涌起一种说不出来的感觉，仿佛童话里贫儿望见公主头上戴着的闪闪发亮的皇冠。她大概发现了我在注视她的手表，对我说了句："暑假里过生日，我爸爸给我买的。"说着，一把从腕子上摘下手表，揣进上衣的口袋里。这块手表，忽然让她有些不好意思。

这块手表，一直闪动着，伴随我们一起度过中学时代。高三毕业，学校停课了，大学关门了，前面的路渺茫，不知道等待我们的是什么。1967年的冬天，我弟弟报名去了青海油田，他是我们这一群人中第一个离开家、离开北京的。那一晚我们到火车站为弟弟送行，她也去了。火车半夜才开走，她家大院的大门已经关闭，回不了家，只好跟着我们院子的几个孩子，一起来到其中一个孩子的家里，大家都是同学，从小一起长大，彼此很熟悉。那个同学家的屋子宽敞，家长很宽容，让我们几个孩子横倚竖卧地挤在各个角落里，度过那个寒夜。

在一张餐桌前，我和她面对面地坐着，开始还聊天，没过一会儿，就都困了，脑袋像断了秧的瓜，垂到桌子上，睡着了。一觉醒来，我看见她双手抱着头，还趴在桌上睡着，随着呼吸，身子在微微地起伏，腕子上的那块手表，嘀嗒嘀嗒跳动的声音特别响，在安静的房间里清脆地回荡，像是有什么人迈着节奏明快的步子从远处走来。窗外，月亮正圆，月光照进窗子，追光一样，打在手表上，让手表如舞台上的主角一般格外醒目。我看清楚了，是块上海牌手表。

那一晚，这块手表的印象，留在了我们分别前最后的记忆里。半年多之后的夏天，我们两人前后脚去了北大荒，两家各自的颠簸与动荡，让我们都走得那样匆忙而狼狈不堪，没有来得及为彼此送别。我们从此南北东西，天各一方，有怅寒潮，无情残照，断了音信。

1970年，我有了第一块手表。那时，我在北大荒务农，弟弟在青海油田当修井工，有高原和野外工作的双重补助，收入比我高好多，他说："赞助你买块手表吧。"那时候手表是紧俏商品，国产表要票券，外国表则是高价。我本想也买块上海牌手表，却无法找到手表票，弟弟说那就多花点儿钱买块进口的表吧。可进口的手表也不是那么好买,来了货后要赶去排队,去晚了,排在后面,就买不到了。我中学的一个同班同学分配在北京工作,我每一年从北大荒回家探亲,都要和他聚聚,叙叙友情,听说我要买表,他自告奋勇地说:"这事交给我了!"我有些不好意思,因为要去赶早排队,得请假。他却对我说:"你就甭跟我客气了,谁让我在北京呢!"

他家在花市头条。为万无一失买上这块表,天还没亮,擦着黑,他就从家里出来,骑上自行车,穿过崇文门外大街,再穿过我家院前三里多长的整条老街,赶到前门大街的亨得利钟表店排队,排在了最前面,帮我买了块英格牌手表。那天,下了整整一夜的大雪,到了早晨,雪还纷纷扬扬。我的这位同学,是特意请了半天的假,顶着纷飞的雪花,骑着自行车,帮我买到这块英格牌手表的。

那时候,他自己还没有手表,这让我很过意不去,他对我说:"你在北大荒,四周一片都是荒原,有块手表看时间方便。我在北京,出门哪儿都看得到钟表,站在我家门前,就能看见北京火车站钟楼上的大钟,到点儿,它还能给我报时呢!"

1974年的冬天,分别了整整七年之后,我和她重逢了。那时候,我已经从北大荒回到北京,在一所中学里当老师;她作为第一批工农兵大学生刚刚毕业,留在哈尔滨工作。她从哈尔滨途经北京到上海出差，找到我家，尽管早已物是人非，但我一眼看见她腕子上戴着的还是那块上海牌手表，不知为什么竟然心里一动，仿佛又看见了中学时代的她，也看见了那时候的自己。那块手表成了我们逝去青春的物证和纪念。

我不知道这块上海牌手表她戴到了哪一年，我的那块英格牌手表，一直戴到1992年的夏天。那时候，我正从西班牙到瑞士，刚刚从苏黎世出海关，那块英格牌手表突然停摆了。回到北京，拿到钟表店修，师傅说表太老，坏的零件无法找到，没法修了。想想，这块瑞士产的手表，居然在踏进瑞士国土的一刹那寿终正寝，冥冥之中，实在有些匪夷所思。

人生如梦，转眼二十八年过去了，我的这块英格牌手表，一直压在箱子底，没有舍得丢掉。看到它，我会想起为我买这块表的那位同学和那天清早天色蒙蒙中纷纷扬扬的雪花，也会想起我的那位女同学和她的那块上海牌手表。几番离合，变成迟暮，一晃，我们都老了，老手表记录着我们从学生时代到如今五十余年绵长的友情。

很久没有联系了，年前一个大风天的下午，没有出门，座机的铃声响了，竟然是她的电话，熟悉的声音，即使隔开那么长的时间，隔着那么长的电话线，还是一下子就听出来了。我有些意外，她说她的电话簿丢了，偶然看见一本许多年前的老电话簿，上面的电话号码，都是她父亲的一些老同事和她自己的老朋友的，便一个一个地拨，大部分电话都打不通，没想到我的还真打通了。

我告诉她，我的电话号码一直没变，手机和座机都没有变。我一直觉得，很多老的东西，是值得保留的，保留住它们，就是保留住回忆，保留住自己。逝去的岁月，不堪回首也好，五味杂陈也罢，就像卡朋特歌唱的那样，它们能让昔日重现。所谓野渡无人舟自横，舟在，人便在，渡口的水也就荡漾起旧日的涟漪。

电话里，我们聊了很多，其中就有昔日的回忆，花开一般重现。放下电话，我又想起那块上海牌手表，那表已是老古董，她肯定早就不戴了。不过，我想，能保留着老电话簿，保留着老朋友的友情，她一定也会和我一样保留着那块老手表。

我想起当年一起读过的济慈那首有名的诗《希腊古瓮颂》里面的诗句：

等暮年使这一切都凋落，/ 只有你如旧。

你竟能铺叙 / 一个如花的故事，比诗还瑰丽。

济慈的诗是写给一只古瓮的，写给我们的老手表——上海牌手表、英格牌手表，也正合适。

一天明月照犹今

田增科老师今年[①]八十七岁，教我的时候，我十五岁，他刚刚大学毕业不久，仅仅比我大十多岁。如果不是他帮助我修改了我的一篇作文《一幅画像》，并亲自推荐我参加了北京市少年儿童征文比赛，我便不会获奖，更不会有幸由此结识叶圣陶前辈。

那篇作文是我第一篇变成铅字的文章。如果没有这样一篇文章，我会那样迷恋上文学吗？我日后的道路会不会发生变化？我有时这样想，便十分感谢田老师。我永远难忘

注：①此文创作于2021年，文中"今年"指的是2021年。

他将我的那篇作文塞进信封,投递进学校门前的绿色信筒里的情景;我也永远难忘当我的这篇文章被印进书中,他将那喷发着油墨清香的书递到我手中时比我还要激动的情景。那是春天一个细雨飘洒的黄昏。

我读高中以后,田老师不再教我。有一天放学之后,他邀请我到他家。那时,他刚刚结婚不久,学校分配给他一间新房,离学校不远。到了他家,他从书柜里翻出了一个大本子,递给了我,让我看。本子很旧,纸页发黄,我打开一看,里面贴的全是从报刊上剪下来的文章。再仔细看,每篇文章的署名都是田老师。原来田老师曾经在报刊上发表过那么多的文章。

田老师指着本子上的一篇文章,对我说:"这是我发表的第一篇文章,和你一样,也是读中学的时候写的。"

我坐在他家,仔细看了田老师的这篇文章,写的是晚上放学回家,他在公交车上遇见的一件小事,写得委婉感人,朴素的叙述中,颠簸的车厢,迷离的灯光,窗外流萤般闪过的街景……荡漾着一丝丝诗意。心里暗暗地和我写的那篇《一幅画像》做了个比较,觉得比我写得要好,更像是一篇小说。有这样好的基础和开端,后来怎么再没有见到田老师发表的作品呢?

田老师好像明白了我的心思,对我说:"可惜,后来上了大学，读的理论方面的书多，我没有把这样的文学创作坚持下来。"然后，他望望我，又说，"希望你坚持下来！"

我明白了田老师叫我到他家来的目的了。我知道他的心意，他对我的期望。

那天，田老师对我讲了很多话，不像对他的一个学生，像是对他的一个知心朋友。印象最深的是，他特别对我讲起了他中学的往事，讲起了他读高中时候教他语文课的蒋老师。蒋老师曾经是清华大学英语系的学生，语文课讲得特别好，经常给他们讲一些课外的文章，还借给他一些课外书。高中毕业，那时田老师在河南洛阳，洛阳没有高考的考场，考场设在开封。全班五十二个学生，是蒋老师带着这五十二个学生，坐了二百公里的火车，赶到开封，参加高考。为了防止学生意外生病，他还特意背着个药箱，细心周到地带着止泻药、防暑药。

田老师说他很感谢蒋老师，没有蒋老师，他不会从洛阳考到北京上大学。

我心里感觉田老师就是像蒋老师一样的好老师，好老师，就是这样代代传承的。人的一辈子，在小学和中学阶段，能够遇到一个或几个好老师，真的是他的幸运、他的福分，因为可以影响他的一生。

我和田老师这段师生之间的友情，从 1962 年一直延续至今，已经五十九年之久。即便以后，我长大了，到北大荒插队，在那些个路远天长、心折魂断的日子里，田老师常有信来，一直劝我无论在什么样艰苦的条件下千万不要放下笔、放下书。他千方百计从内部为我买了一套《水浒传》和一套《三国演义》，在我从北大荒回家探亲，假期结束要回北大荒的前夕，他骑着自行车，赶到我的家里把书送来。那时，我住在前门外一条老街上的一座老院破旧的小屋里。那一晚，偏巧我去和同学话别没有在家，徒留下桌上的一杯已经放凉的茶和漫天的繁星闪烁。

我写下这样一首小诗，怀念寒冬的那个夜晚——

清茶半盏饮光阴，往事偏从旧梦寻。

楼后百花春日影，雨前寸草故人心。

老街几度野云合，小院也曾荒雪深。

记得那年送书夜，一天明月照犹今。

花荫凉儿

在我们汇文中学里，有好几位漂亮的女老师。高挥老师是其中一位。那时她三十岁上下，会拉一手小提琴，还在学校的舞台上演过话剧。好长一段时间里，我偷偷地喜欢多才多艺的她，觉得她长得特别像我的姐姐，连说话的声音都像。只是她没有教过我。

她原来是志愿军文工团的团员，从朝鲜战场上回来，她没有同意嫁给首长，复了员，颠沛流离之后考学。大学毕业不久，到了我们学校，开始教地理，后来负责图书馆的工作。

1963 年的秋天，我读高一，因为初三时候写的一篇作文在北京市获奖，校长对她说可以破例准许我进入图书馆自己选书。那一天的午饭时间，我刚要进食堂，看见高老师站在食堂旁的树下向我招手，我走过去，她对我说起这件事，说我什么时候去图书馆都行。我的心里涌出一种说不出的感动，但实在口拙，一时又说不出什么。她摆摆手对我说："快吃饭去吧。"我走后忍不住回头，才发现高老师站在一片花荫凉儿里，阳光从树叶间筛下，跳跃在高老师的身上，像闪动着好多颜色的花一样，是那么漂亮。

　　图书馆在学校五楼，由于学校有百年历史，藏书很多，有不少解放以前的书籍，由于没有整理，都尘埋网封在最里面的一间大屋子里。大概看出我频频瞟向那间上锁黑屋的心思，高老师帮我打开屋门的锁，让我进去随便挑。那是我有生以来第一次见到那么多的书，山一般堆至屋顶，散发着霉味和潮气，让人觉得远离尘世，与世隔绝，像是进入了深山宝窟。我沉浸在那书山里，常常忘记了时间，直到高老师在我的身后微笑着打开电灯，我才知道到该下班的时候了。

　　久别重逢，逝去的日子，一下子迅速地回流到眼前。我对高老师说："您对我有恩，没有您，我看不到那么多的书，也许我不会走上写作的道路。"高老师摆摆手说不能这么讲，然后对在座的其他几位老师说:"我去过肖复兴家一次,看见地上垫两块砖,上面搭一块木板,他的书都放在那里,心里非常感动,回家就对我女儿说。后来,肖复兴到我家里看见有一个书架,其实是最简单不过的一个矮矮的书架,他对我说:'以后有钱我一定买一个您这样的书架。'这给我印象很深。"

我忽然想起了这样一件事,为了我破例可以进图书馆挑书,高老师曾经和一个同学吵过一架,那个同学也非要进图书馆自己挑书,她不让,同学气哼哼指着我说为什么我就可以进去。我私下猜想,为什么高老师默默忍受了,大概她去我家的那一次,是一个感性而重要的原因。秉承着孔老夫子有教无类的理念,她一直同情我、帮助我。如今,有的老师习惯向学生索取,偏偏要通过学生寻找那些有钱有权的家长,明目张胆地增添自己的收入或关系网的份额。

我对高老师说:"我从北大荒插队回来,第一个月领取了工资,先在前门大街的家具店买了一个您家那样的书架,二十二元钱,那时我的工资才四十二元半。"高老师对其他老师夸奖我说:"爱书的孩子,到什么时候都爱书。"

我又对高老师说:"'文化大革命'中虽然挨了批判,但图书馆的钥匙还在您的手里,有一次在校园的甬道上,您扬扬手里的钥匙,问我想看什么书,可以偷偷进图书馆帮我找。好长一段时间，我都是把想看的书目写在纸上交给您，您帮我把书找到，包在一张报纸里，放在学校传达室的王大爷那里，我取后看完再包上报纸放回传达室。这样像地下工作者传递情报一样借书的日子，一直持续到我去北大荒。那是我看书看得最多的日子。《罗亭》《偷东西的喜鹊》《三家评注李长吉歌诗》……好几本书，都没有还您，让我带到北大荒去了。"高老师说："没还就对了。"在场的几位老师都沉默下来，那时，我们学校的书，成车拉到东单体育场，那里曾经燃烧着我学生时代最残酷的记忆。

一个人的一生，萍水相逢中能够碰到这样的人，即使不多，也足够点石成金。分手时，我送高老师上了汽车，一直看着汽车跑远，才忽然想到，忘记告诉高老师了，那个从北大荒回来买的和您家一样的书架，一直没舍得丢掉，还跟着我。很多的记忆，都还紧紧地跟着我，就像影子一样，像校园里树叶洒下的花荫凉儿一样。

我庆幸中学读书时遇见了高老师。虽然多年未见，但心里一直把她当作自己的一位大姐。她比我姐姐大一岁，今年[①]八十七岁了。真的，我非常想念她，想起她，总有一种想流泪的感觉。

注：①此文创作于 2021 年，文中"今年"指的是 2021 年。

白发苍苍

小学四年级，多了一门作文课。教我们这门课的是新班主任老师。我记得很清楚，他叫张文彬，四十多岁的样子。不过也可能五十岁了，小孩子看大人的年龄，看不准的。张老师有着浓重的外地口音，我听不出来他究竟是哪里的人。他很严厉，又正是年富力强的时候，站在讲台桌前，挺直的腰板，梳一头黑黑的头发——他那头发虽然乌亮，却是蓬松着，一根根直戳戳地立着，总使我想起他给我们讲解的"怒发冲冠"这个成语——我们学生都有些怕他。

第一次上作文课，他没有让我们马上写

作文，而是带我们看了一场电影，是到长安街上的儿童电影院（如今这家电影院早已经化为灰烬，在包括它在内的这一片地方建起了一个非常大的商厦）看的，我到现在还记得，看的是《上甘岭》。

那时，儿童电影院刚建成不久，内外一新。我的位置是在楼上，一层层座位由低而高，像布在梯田上的小苗苗。电影一开始，身后放映室的小方洞里射出一道白光，从我的肩头擦过，像一道无声的瀑布。我真想伸出手抓一把，也想调皮地站起来，在银幕上露出个怪样的影子来。

尤其让我感到新鲜的是，每一排座椅下面，都安着一盏小灯，散发着柔和而有些幽暗的光，可以使迟到的小观众不必担心找不到座位。那一排排小灯，让我格外感兴趣，觉得特别的新鲜，以至于看那场电影时我总是走神，忍不住低头看那一排排灯光，好像那里闪闪烁烁藏着什么秘密或什么好玩的东西。

第一次作文，张老师让我们写的就是这次看电影，他说："你们怎么看的，怎么想的，就怎么写，你觉得什么有意思，什么最感兴趣，就写什么。"我把我所感受到的这一切都写了，当然，我没有忘了写那一排排我认为最有意思、最新鲜的灯光。

没想到，第二周作文课讲评时，张老师向全班同学朗读了我的这篇作文。虽然几十年过去了，我还记得特别清楚，他特别表扬了我写的那一排排灯光,说我观察得仔细,写得有趣。他那浓重的外地口音,我听起来觉得是那样亲切。那作文所写的一切,我自己听起来也那么亲切,好像不是我自己写的,而是别人写的似的。童年的一颗幼稚好奇的心,让我第一次对作文产生了浓厚的兴趣。啊,原来自己写的文章,还有着这样的魅力!

张老师对这篇作文提出了表扬,也提出了意见,只是具体什么意见,我统统忘记了,虚荣心让我光记住了表扬。但是,我记得从这之后,我迷上了作文,作文课成了我最喜欢、最盼望上的一门课。而在作文讲评时,张老师常常要念我的作文。他常在课下对我说:"多读一些课外书。"我觉得他那一头硬发也不那么"怒发冲冠"了,变得柔和了许多。

有时,一个孩子的爱好,就是这样简单地在瞬间形成的。一个人小时候,遇见好老师就是这样重要。老师的一句简单的表扬,对孩子就是这样重要。

新年,我们全校师生在学校的小礼堂里联欢。小礼堂是原来的破庙的大殿改建的,倒是挺宽敞,新装的彩灯闪烁,气氛挺热闹的。每个班都要出节目,那天,我和同学一起演出的是话剧《枪》的片段。这是一出儿童团智斗日本鬼子的故事。演得正带劲的时候,礼堂的大门突然被推开了,随着呼呼的冷风,走进来一个白胡子、白眉毛、白头发的老爷爷，穿着一件翻毛白羊皮袄，身上还背着一个白布袋……总之，给我的印象是一身白。走进门，他捋了捋白胡子，故意装出一副粗嗓门儿说道："孩子们，我是新年老人，我给你们送新年礼物来了！"同学们都欢呼起来了，他走到我们中间，把那个白布袋打开，倒出一个个小纸包，递给每个同学一份。那里面装的是铅笔、橡皮、三角板，或是糖果。当我们拿着这些礼物止不住笑成一团的时候，新年老人一把摘掉他的白胡子、白眉毛和白头发，尤其是那一头白发，虽然是染的，但根根直戳戳竖立着，我立刻又想起"怒发冲冠"那个成语。哦，原来这是我们的张老师！

第二年，他就不教我们了。他给我留下了这个白胡子、白眉毛和白头发的新年老人的印象。他给了我一个现实生活中难得的童话！这种童话，只有在我小学四年级那种年龄才能获得，他恰当其时地给予了我。

芒种之忙

芒种，是二十四节气中重要的一个节气。读中学的时候，每年都有一次下乡劳动，一般都会选在芒种季节，因为这时候北京郊区的麦子黄了，正待收割。我们中学那时候常去南磨房乡帮助老乡收麦子，在乡间，我从老农那里学到一个谚语"杏黄麦熟"，收完麦子回家到市场一看，果然摊子上到处都有卖杏的。我把学到的这个谚语写进作文里，得到老师的表扬。

节气，真的神奇，像是一位魔术师，自然界的一切都逃脱不了节气变幻的色彩晕染。芒种，乡间是一片金黄的麦子，城里没有麦子,也得派橙黄橙黄的杏来诉说这个节气中的一点儿心思。

那时候,觉得南磨房乡离城里很远。现在,早已经成为城区的一部分。我现在居住的潘家园,就属于南磨房管辖范围之中。东三环远近一片林立的楼群,原来就是我读中学时候下乡收割麦子的田野。世事沧桑,城市化的飞速进程让节气变得只剩下了日历上的一个符号,起码,芒种节气中,属于北方的那一片梵高才能挥洒出的金黄颜色,已经很难见到了。

其实,芒种不仅是一个收获的季节,还是一个播种的季节。在北方,是磨镰忙收麦子;在南方,则是忙稻子插秧。过去学过一首古诗,其中有一句:乡村四月闲人少,才了蚕桑又插田。虽然说的是比芒种节气略早一些时候,却一样可以看出南方播种时的忙乎劲儿了。

在我的理解中,芒种的"芒",指的是收割麦子;芒种的"种",指的是播种稻子。一个节气里既包含收获,又包含播种,在二十四节气中是绝无仅有的,足见芒种这个节气内容之丰富。可以想象一下,在这样节气里,有这样两种鲜艳色彩在交织,一种是麦子金黄一片,一种是稻秧碧绿一片;一边是北方独属的热辣辣的阳光灿烂,一边是南方特有的子规声里细雨如烟。如此辉映在一起,让成熟和成长在同一时刻呈现,是哪一个节气中可以有的辉煌壮观景象?

芒种这个节气，对于农事的重要性便也尽显在这里了。所以，过去有民谚一直流传至今，叫作"春争日，夏争时"。这里的夏，指的就是芒种这个既要收获又要播种的节气，其忙碌的程度要以"时"来计算，远超过春节以"日"来计算的。过去还有一句谚语，叫作"芒种芒种，忙收忙种"，说的就是这个节气的忙碌劲儿。在这里，充分显示了我国语言的丰富性，是将芒种中带芒农作物的"芒"字，谐音化为"忙"，一语双关，涵盖南北，将繁忙而丰富的稼穑农事浓缩在两个字中，实在是我国二十四节气得天独厚的本事，农业时代中很多乡间的文化密码都蕴含其中了。

说起芒种，我总会忍不住想起四十多年前在北大荒插队的时候，也是在麦收之后。只不过，在北大荒，麦子收割要晚于芒种一些时日。麦收之后，农闲时刻，我到当地一个姓曹的老农家借书。别看是老农，因是从沈阳军区复员的军人，从沈阳带了很多书到北大荒，他家成了我很长一段时间的图书馆。我第一次去他家，看见他翻开一个红漆立柜，这种立柜在乡间一般是盛放米面。他却从里面掏出了一本本的杂志，我一眼看到，是《芒种》，封面是齐白石题写的刊名"芒种"两个醒目的墨笔大字。我凑过去一看，柜子里全是《芒种》杂志。他笑着告诉我，他有从1957年创刊到1966年停刊的全部《芒种》。

那些《芒种》成了我学习文学的范本。我就是从那时候开始学习写作的。一晃竟然四十多年过去了,芒种,芒种,那时候我频繁从老曹家借阅《芒种》,也够一阵紧忙乎的了。想想,那应该是我的播种也是我的收获季节。

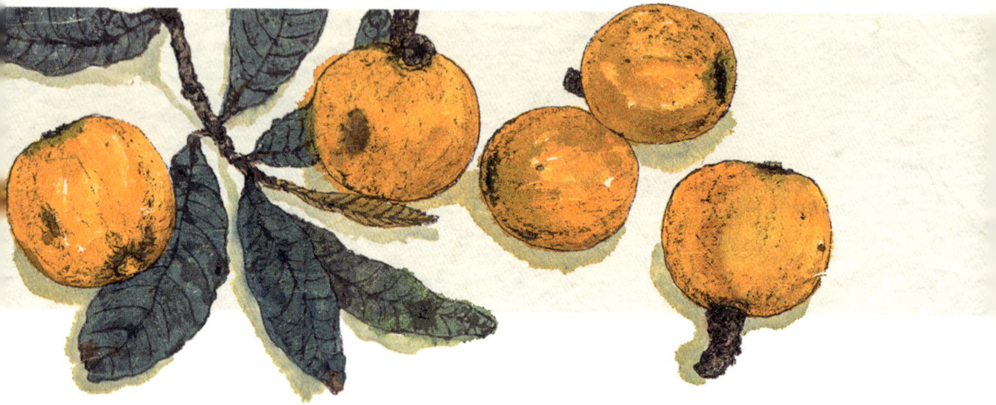

西窗待雨，
把酒凭风

发小儿就是那把老红木椅子

"发小儿"是地道的北京话，它的尾音"儿"，透着一股只可意会不可言传的亲切劲儿。虽然发小儿指的是从小在一起的同学，但是比起同学来，多了深厚的友谊。这也就是说，同学可能只是一同学习过而已，没有那么多交情可言；发小儿可是在摸爬滚打、一起长大的年月中积累下友谊的。比起一般的友谊，发小儿多了时光的浸透，毕竟很多朋友没有像发小儿这般从童年到老年一直在一起，经历过那样漫长的时间。没准发小儿和你在一起的时间，会比你和父母、伴侣、孩子在一起的时间还要长。

虽然童年时的友谊天真幼稚，却也最牢靠，如同老红木椅子，无论年头多老，总那么结实、耐磨耐碰，漆色也鲜亮如昨。有了岁月打磨的厚重包浆，看着亮眼，摸着光滑，使着牢靠。

黄德智就是我的一个发小儿，一般的小学同学无法和他相提并论；小学同学有很多，可以称之为发小儿的，只有一两位。小时候，他的家境殷实，住在前门外草厂三条一个独门独户的小四合院里，在整条胡同中，那是非常漂亮的一个院子，大门的门楣上有镂空带花的砖雕，门上有副精美的对联：林花经雨香犹在，芳草留人意自闲。虽然那时我看不大懂，却觉得文辞很华丽。

我家住在西打磨厂，离他不远，穿过墙缝胡同就到了。为了在放学后便于监督管理，老师把就近居住的学生分到同一个学习小组，我和黄德智在一个小组，学习的地方就在他家，老师指定他当小组组长。放学之后，我几乎每天都要到他家写作业，顺便一起玩。天棚鱼缸石榴树，他家的每一样东西都足够让我新奇。我第一次有了这样的感觉：同样都是过日子，各家的日子是不一样的。

到他家那么多次，我从没有见过他的爸爸，可能他爸爸一直在外面忙工作吧。每次出来迎接我们的都是他的妈妈。黄德智的妈妈长得娇小玲珑，面容姣好，皮肤尤其白皙，像剥了壳的鸡蛋。后来我才知道,她是旗人,当年还是个格格呢。她没有工作,负责料理家中的一切,那一口北京话说得地道,人也很和蔼可亲,看我们一帮小孩子在院子里疯跑,没有什么不耐烦,相反夏天的时候,还给我们熬酸梅汤喝。酸梅汤里放了好多桂花,上面还浮着一层碎冰碴儿,那是我第一次喝酸梅汤,真是非常凉爽,好喝。

虽然黄德智长得没有他妈妈那样好看,但和他妈妈一样白皙。和我们这些爱玩闹的男孩子不大一样,他好静不好动,从小就练书法。他家有个老式的大书桌,大概是红木的,我也不太懂,只觉得油漆很亮,像涂了一层油似的,即使在阴天也有反光。

那是我第一次见到书桌——我家只有一个饭桌,吃饭写作业都在饭桌上。他家的书桌上摆放着文房四宝,大小不一的毛笔悬挂在笔架上。每次写完作业,我们这些同学就在街上疯跑或踢球打蛋或去小人书铺借书看,黄德智不能出来,被他那个长得秀气的妈妈留在屋子里,拿起毛笔练书法。

在学校,黄德智不爱说话,像一只躲在树叶后面的麻雀,不显山不露水。但他的毛笔字时常得到大字课老师的表扬,这是他最露脸的时候,我也为他感到骄傲。我的大字写得很一般,他曾经送给我一支毛笔和一本颜真卿的字帖,让我照着字帖写,他说他很小就开始临帖了。

一次,少年宫举办全区中小学生书法展览,黄德智写的一幅书法被选为入展作品。我记得很清楚,那是一幅很大的横批,用楷书写了六个大字——风景这边独好。展览开幕那天,我和他一起去少年宫。其实我不懂书法,对书法也没有什么兴趣,黄德智送我的毛笔和字帖我根本就没有动过,但是有他的书法展出,我当然要去捧场。

那天,我们班上的同学一个也没有去,我挺不高兴的,替黄德智愤愤不平。他却说:"你来就挺好的了!"听了这话,我挺感动,我深知,这象征着我和他之间的友谊。

在回去的路上,忽然下起雨来,一开始雨不大,谁想不一会儿工夫,雨越下越大,可我们都不想找个地方躲雨。因为少年宫在芦草园,靠近草厂三条南口,我们觉得离黄德智家不远,想赶紧跑到他家再说。但就是这段不远的路,跑到他家时,我们也被淋得浑身湿透,成了"落汤鸡"。

他妈妈看见我狼狈的样子,忙去找来黄德智的衣服,非让我换上不可。然后她又跑到厨房去熬红糖姜水,待到热腾腾的红糖姜水端上来,我们一口不剩,全喝光了。

雨停了,我穿着黄德智的衣服走出大门,黄德智把我送到了胡同口,我又想起刚才喝的那碗红糖姜水,问他:"都说红糖水是给生孩子的妈妈喝的,你妈妈怎么给咱们喝这个呀?"他笑着说:"谁告诉你红糖水只能给生孩子的妈妈喝?"我们两人都忍不住大笑起来。我从来没有看到他这样开心地笑过。

高中毕业后,我去北大荒插队,黄德智到北京肉联厂炸丸子,一口足有一间小屋子那么大的锅,"哪吒闹海"一般翻滚着的丸子,是他每天要应付的活计。我回来探亲时到北京肉联厂找他,指着这一大锅丸子说:"你多美呀,天天能吃炸丸子!"他说:"美?天天闻这味儿,我都想吐。"

可无论何时、所处何地,他一直坚持练书法,始终没有放弃。

我从北大荒刚调回北京的那一年,跑到他家叙旧,他说他每天白天炸丸子,晚上练书法。没过几天,他抱着厚厚一摞书来到我家,说要送给我,我打开一看,是人民文学出版社 1957 年版的十卷本《鲁迅全集》。他说是路过前门旧书店时看到的,因为知道我喜欢读书喜欢写作,就买下来送给我。我问他多少钱,他说二十二元。那时,他每月的工资才四十多元,我刚要说话,他马上又对我说:"接着写你的东西,别放弃!"

如今,黄德智已经成了一名颇有成就的书法家,他的书法作品得过不少奖,还曾陈列在展室里,悬挂在牌匾上,印制在画册中。前几年,黄德智乔迁新居,我特意前往为他暖居,奇怪的是他的房间里竟然没有挂一幅他自己的书法，我问他原因，他觉得自己的字写得还不行。他的书法都一包一包卷起来打成捆，从柜子顶部一直挤到了房顶。他打开柜子，里面都是用过的毛笔；打开盛放毛笔的盒子，一支支用秃的笔堆在一起，形如一座座小山。他说起笔里的那些沧桑，胜似说自己的作品。如同树根虽然比不上枝头的花叶漂亮，却是树的生命所系一样，秃笔里盘根错节着平常日子的回忆，其中一段，属于我和他。

一个人，经历了人生种种，总会留下许多回忆，但发小儿的这段回忆，无与伦比。一个人，如果老了之后还能和一个或几个发小儿保持联系，更该珍惜。因为哪怕你老得走不动道了，只要有发小儿在，你就像拥有一把结实可靠的老红木椅子，可以安心、舒心地靠靠，聊聊天、品品茶，从中感悟别样的人生。

我和小尹在猪号的日子

冬天猪号的记忆，对于我，总是和那口井，和那口锅，和小尹相连在一起的。

那口井，在猪号前面不远，我最怵那口井。冬天，井沿结起厚厚的冰如同火山口，又滑又高，爬到井口已经很困难，偏偏打水时又常常把水桶掉进井里。那是我最尴尬的时刻。重新把掉下去的水桶捞上来，要用一个大铁钩子钩住水桶，井很深，挂钩子的井绳子飘飘忽忽的，不听你使唤，要想捞上水桶，比鱼儿上钩还难。那时，我干活真的挺笨的。

每逢这时候，小尹总会出现在我的身

后,轻轻地说句:"我来吧。"好像他未卜先知,早知道我又把水桶掉进井里。他双手攥着井绳,左右摆动几下,井绳悠悠地像蛇一样蠕动着,铁钩就已经听话地钩住了水桶。每次小尹帮我把桶捞上来,我看到的常常是他抖动结满冰霜胡茬上宽厚的笑。

我是秋天得罪了队上的头头,被发配到猪号干活的,和小尹住在猪号的一间小屋里,已经住了一个多月。他不爱讲话,我们两人基本上是白天干活,晚上睡觉,谁也没什么多余的话。好像在此之前演出的都是哑剧。冬天到了,天寒地冻了,大雪飘落了,井口结冰了,水桶掉进井里了,人物才开始张口讲话,仿佛才活了起来。

在我的印象中,小尹的胸前总是系着一个围裙,那围裙很长,几乎拖到了地。他走路像是没有腿,只有上半身,飘浮在半空中。

北大荒的冬天,人们都在屋里猫冬。猪号的外面,就是荒原,显得越发荒凉。到了夜晚,除了风的呼啸和猪的哼哼叫声,没有一点儿声响,更有一种万丈红尘的感觉。收工之后,我一般都是闷头在屋子里看书,写东西,打发时间,沉浸在万里荒原之外的想入非非中。我睡得晚,小尹睡得早,我俩相安无事。那时,还没有电灯,一盏马灯如豆,万里荒原似海,心像是漂泊无根的小船，不知哪里可以拢岸。这是那时我写下的拙劣诗句。

我们住的小屋，和烀猪食大屋是连在一起的，中间只隔着一道木门。烀猪食的大锅硕大无比，猪食是一直在锅里煮着，灶火一直不灭。小尹一觉起来，看马灯还亮着，披衣下炕，跑出小屋。我以为他是跑到外面撒尿，他回来的时候总会带来一块热乎乎的烤南瓜，塞在我手里，让我趁热吃。他是早在烀猪食的大柴灶里塞进了南瓜，那种只有北大荒才有的南瓜，烤得喷香，面面的，甜丝丝的，味道很像北京的沙瓤白薯。

小尹几乎每天帮我捞水桶和烤南瓜，我对他心存感激。谁能够几乎每天都这样想着你，帮着你，默默地伸出温暖的援手，像伸出一根缆绳，挽住你已经漂荡不定东倒西歪不知所往的小船？那一刻，我觉得万里荒原不那么荒凉，一灯如豆也有了跳动的生气。

我就是从这时候开始注意到他，开始和他交谈的。他是从山东跑到北大荒的，那时管这样的人叫作盲流，从最开始开发大兴岛住地窨子的时候，他就在我们二队干活了，便也从盲流转正，成了农场的正式农工。他的年龄比我大许多，那时得有三十多了。叫他小尹，是因为他个矮，其貌不扬。小尹命苦，儿子才一岁多一点儿，他老婆带着儿子不辞而别，甩下他像一条孤零零的老狗。在过去农村，老爷们儿甩女人可以看作是长脸的事，被女人甩掉是被人看不起的，脸一下子掉到地面上了。一气之下，他只身闯关东来到北大荒。开始在场院里干活，有好事的泼辣女人们常拿他寻开心，甚至当众解开他的裤带，说是看看他里面那玩意儿是不是有毛病，那女人才甩了他。他不吭声，死死地抓住裤子。拽不下来他的裤子，她们就往他的裤裆里灌满鼓囊囊的豆子。和我被发配到猪号来不一样，他是主动离开了场院，要求到猪号来的，可以只伺候猪八戒，不和那么多人打交道。

当我听他讲述了他的经历之后，非常后悔刚到猪号时对他的怠慢。每个人都是一本书，打开来，一页页翻过之后，才会发现每个人活着的不容易，都很挣扎，都有一种难言的苦楚，蛇一样时不时会爬出来咬噬自己的心。我很惭愧，只是顾影自怜，舔着自己的伤口，没有发现睡在身边的小尹比我还要不幸。

小尹是个扎嘴的葫芦，话都憋在心里头，能够对我讲述他的伤心往事，很不容易。讲完这番话之后，我们的关系发生了根本性的变化，一下子亲近了许多，即使晚上还像以前一样，彼此一句话都不讲，但已经心思相通，知道了彼此心里想的是什么，要说的是什么。他还是早早地睡下，我还是点着马灯写字看书，一觉醒来，他还是起来，跑到外面撒泡尿回来，给我从灶火里拨出一块烫手的南瓜。有时候，他跑回来，躺在炕上睡不着，就抽一袋关东烟，问我一句："呛不呛你？"我说句："你抽你的，不碍事！"然后，不是我不知道他什么时候睡着了，就是他不知道我什么时候睡着。

日后，我常常想起在猪号冬天的那些日子。在那些夜晚，即使朔风呼啸，大雪弥漫，都是万籁俱寂，静得你只能够感受到夜的深处和荒原深处隐隐的律动，像是呼吸一样轻微而均匀，烟一样笼罩在你的心头，仿佛有女人的手心或鼻息似的，柔和地抚摩着你，吹拂着你，呵气如兰的那种感觉，让你哪怕是没有笼头的野马一样的心，也俯首帖耳地安静了下来。在以后的日子里，我再也没有度过如同在猪号里那样安静的日子。我才发现，喧嚣其实是容易的，安静却是很难的，那需要天时地利人和的综合作用。

我也常常想起关东烟的味道。我不抽烟，但那关东烟的味道，说不上好闻，而是一种让我难忘的味道，只要一想起它的味道，就立刻把我拽回到猪号的日子，小尹，便系着拖地的围裙，浮现在我的身边。

很久很久以后，我听正读高一的儿子在房间里大声高唱一首叫作《味道》的流行歌曲，唱到这样几句歌词的时候——我想念你的笑，想念你的外套，想念你白色袜子……和手指淡淡烟草味道……不知怎么搞的，心里一热，很有些感动，禁不住想起了小尹。

想起小尹，不仅是那关东烟浓烈呛人的味道，还有那一年刚刚开春时节他从草垫子里抱回来的一只兔子，是一只受伤的野兔。那时，积雪还没有化干净，春寒料峭，风还很硬。那只受伤的兔子，躺在猪号外面的荒草丛中，灰色的毛间有发黑的血迹。小尹放猪的时候，发现了它，把它抱了回来，在猪号烀猪食的大屋里，用破木板替它搭了个窝。每天，小尹有活干了，找些冻白菜叶子和胡萝卜，或者从猪食里拨拉出来兔子能吃的玩意儿喂它，甚至拿来南瓜喂它，甭管吃不吃，有了小尹操不完的心和好多说不出的乐。每天夜里起来跑到外面撒完尿回来，也不会忘记看看他宝贝的兔子。屋子很大，又暖和，野兔的伤很快就好了，能够满屋子跑，追着小尹玩了。那是小尹最开心的时候。

大约一个来月之后，我记得正是最后一场埋汰雪下过并化干净之后，那天清早起来，小尹照旧先去看他的宝贝兔子。那只野兔已经跑了，屋里屋外，我陪小尹找了一圈，也没有找到。不知它是怎么拱开了大门，跑出去的。小尹自责说都怪自己，肯定是半夜跑出去撒尿回来没把门关好！然后，他又自我宽慰说，早晚得走，这儿又不是它的家！尽管这样说，我看得出来，小尹心里有点儿伤感，挺舍不得的。

1974年，我离开北大荒的时候，小尹还在猪号喂猪。1982年，我大学毕业重返北大荒，回到队里，找不到猪号了，那里只剩下一片茂密的野草。我很想念分别八年的小尹，打听他的下落，知道他到场部打更去了。我折回场部找他，他家的门敞开着，好像知道我要来似的。我大叫一声："小尹！"出门的是个不到二十岁的小伙子，对我说："我爹不在。"

我几乎是愣在那里，小尹的儿子找到了！这个比小尹高出一头的小伙子，真的就是他的儿子吗？我简直不敢相信。我告诉小伙子，我是他爸爸一起在二队猪号干活的好朋友，让他爸回来晚上到场部的招待所找我，说我很想念他。当我说完这番话以后，我发现，小伙子无动于衷，愣愣站在那里，好像他也不相信出现在他面前的我，真的是他爸爸的朋友。

天还没擦黑，小尹就跑到招待所找到我。那一晚，因为第二天我就要离开大农场，陆陆续续来叙旧告别的人很多，他一直默默地坐在旁边，等别人走尽，只剩下我们两人，他也站起来，说："快歇着吧，你也怪累的了。"我说我不累，使劲儿拉他，他还是转身走出屋。

我跟着他一起走出屋，递给他一包从北京带来的香烟。他说他不抽，我以为他抽惯了关东烟，不习惯这种香烟。一问，才知道他已经戒烟了。儿子来找到他之后,他就戒烟了。"省点儿钱,给他娶媳妇用。"说完这话,他笑了,笑得有些腼腆,像个小孩子。

我又问他:"媳妇呢?怎么没跟孩子一起来?"他说:"儿子来了就行了!"

那一晚,星星特别多,低垂着,仿佛一伸手就能摸得到。站在明亮的星空下,很想和他多待一会儿,问问他新的生活。他却一再催促我回屋,不断说着同样的话:"快歇着吧……"然后,他转身离开了。望着消失在灿烂星光月下他瘦小的身影,我心里替他高兴,他说得也对,毕竟儿子来了,父子团圆了,这是他在这个世界上唯一有血缘关系的亲骨肉。有了年轻的儿子,再衰老的父亲也有了依托和支撑,以后的日子会逐步好起来的。

回到屋里,我才发现床头柜上放着一个大海碗,一看,是几块烤地瓜,尽管已经凉了,在灯光下,油光发亮,闪动着黄中泛红的光斑,散发着丝丝的甜味儿。还是记忆中的颜色和味道。

我没有想到,这竟然是我见到他的最后一面。

2004年,我重返大兴岛,打听小尹的消息,乡亲告诉我,他已去世多年。他死得非常惨,是死在自家的炕上两天之后,才被人发现。

我问:"他的儿子呢?"

"他的儿子早奔到外面挣钱去了!"

乡亲说完,和我一起叹气。"要这个儿子有什么用,跟他妈妈一样,拔腿就走,就那么不管不顾,把小尹像条丧家犬一样孤零零地抛在家里。"

有时,我会想,小尹还真不如一直在喂猪,起码还有一群猪八戒能够陪着他。

如今站在大兴岛上,我再也找不到小尹了。就像再也找不到小尹为我烤的南瓜,再也找不到猪号的那口井,再也找不到猪号,再也找不到那些风雪呼啸或星光灿烂的夜晚,再也找不到那些春寒料峭或埋汰雪尽后的野兔子一样。

小尹!猪号里跟我睡在一铺热炕上的朋友小尹!

正欲清谈逢客至

"正欲清谈逢客至,偶思小饮报花开。"这是陆放翁的一联诗。很多年前,在一家客厅的中堂对联读到它(后查《剑南诗稿》,名为"正欲清言闻客至,偶思小饮报花开",但觉得还是对联更好),很喜欢,一下子记住,至今未忘。

偶思小饮报花开,是想象中的境界,正要举杯小酌,花就开了,哪儿这么巧?这不过是文学笔法,诗意渲染而已。但是,正要想能有个人一起聊聊天的时候,这个人如期而至,尽管不常有,总还是会出现。过去有句老话:说曹操,曹操到。也有这层意思,只是没有这句诗雅致。而且，说曹操，可能只是一时说起，并没有想和曹操交谈的意思在。

正欲清谈逢客至，这样的情景，是生活温馨的时刻，是人生难得的际遇。

读高一那年，学校图书馆的高挥老师，突然来到我家。上小学以来，读书九年，没有老师家访过。高老师是第一位。

图书馆学生借书，填写书单，由高老师找好，从窗口借给你。高老师允许我进图书馆挑书，在全校是"破天荒"的事情。为此，有同学和高老师大吵，说她是培养"修正主义"苗子。我对高老师感到亲切，她比我姐姐大一岁，很想和她说说心里话，没想到，她突然出现在我家的时候，竟然说不出什么话来了。

高老师知道我爱看书，特意到家来看我。她不是我的班主任，没有家访的任务。当然，也不是家访。家访不会让我感到那样亲切。她看到我仅有的几本书，塞在一个只有二层的破旧鞋箱上，挤在墙角，当时，并没有说活。

五十多年过去，前几年，我见到她，她才对我说起。我知道，日后，她破例打开图书馆有百年历史藏书的仓库，让我进里面挑书；我去北大荒前，从她手里借的好几本书，再未归还，都和这只破旧鞋箱有关。

父亲去世后，我从北大荒回北京，最初的日子，待业在家，无聊至极，整天憋在小屋里。我妈说，我跟"囚大酱"一样，都快囚出蛆，劝我出去走走，找人聊聊天。找谁呢？我是回来很早的知青，大多数同学都还在全国各地插队的乡下。白天，大人上班，小孩上学，我家更是门可罗雀。

一天，有位小姑娘来我家，她是邻居家的小孩，叫小洁，六岁，还没有上学。她拿着一本硬皮精装的书递给我，打开一看，里面夹着的都是花花绿绿的玻璃糖纸。她从书里拿出几张不同颜色的玻璃糖纸，说："你把糖纸放在你的眼睛上看太阳，能看到不同颜色的太阳，好玩吧？"我知道，她是想和我一起玩，一起说说话。

我问她："你怎么有这么多的糖纸呀？"她一仰头说："攒的呀。爸爸妈妈过年给我买好多糖，我就把糖纸都夹在这本书里了。"说着，她让我看她的这些宝贝糖纸，书里面好多页之间夹着一张或两张玻璃糖纸，都快把整本书夹满了。每张糖纸的颜色和图案都不一样，花团锦簇，非常好看。我一页一页认真地翻，一页一页地注视，从头看到尾。

好多天，她都跑到我家，和我一起翻这本书，看糖纸，还不住地指着糖纸问："这种糖你吃过吗？"我逗她摇头说："没吃过。"她就说："等下次我妈再给我买，我拿一块给你尝尝。"

几年以后，我搬家离开大院前，小洁跑到我家，要把这本夹满糖纸的书送给我。我连忙推辞。她却很坚决："我爸我妈总给我买糖，我的玻璃糖纸多的是。再说，我看出来了，你喜欢这本书里的诗。"这是一本诗集，叫《祖国颂》。

父亲是在前门后面的小花园里打太极拳，一个跟头倒下，突然走的。那时，我在北大荒，弟弟在青海，姐姐在内蒙古，家里只有母亲一个人，孤苦伶仃，束手无策，正想找个人商量一下怎么办理后事，焦急万分，没着没落。就是这么巧，老朱恰好出现在我家门口。

老朱是我的中学同学，一起到北大荒同一个生产队。他回北京休探亲假，假期已满，买好了第二天的返程票，离京前，到我家，本是想问问带什么东西，没有想到，母亲一把抓住他的手，面对的是母亲泪花汪汪的老眼。老朱安慰母亲之后，立刻退了车票，回来帮助母亲料理父亲的后事，一直等到我赶回北京。

这一次，不是我在家里正欲清谈而恰逢客至，是我的母亲，是比清谈更需要有人到来的鼎力相助。那天，老朱如同从天而降，突然出现在母亲面前，现在回想起来，简直是比书中或电影里的巧合还要不可思议。就是这样：一触即发之际，才显示客至时情感的含义；雪中送炭，才让人感到客至时价值的分量；心有灵犀，才是陆放翁这句诗的灵魂所在。

明信片

有时想，为什么我国的明信片会比国外的品种要少，而且设计得单薄？我们愿意毕其功于一役，在春节期间发行大量有奖贺岁明信片，但画面变化很少，几乎是千篇一律。或许是在平日里，人们已经很少用明信片作为传递信息和心情的一种信件了。在我的印象中，好像只有孙犁先生愿意用明信片替代书简，言简意赅，朴素清淡，宁静而致远。但是，后期孙犁先生基本也不用明信片了。我现在非常后悔，当初先生在世的时候，为什么没有在通信中请教他为什么不再用明信片了。

明信片在我们这里的沦落，我不知道说明了什么，我的心里却是很有些失落。或许在一个崇尚奢华的时代，素朴典雅的明信片，就像素朴童贞的姑娘，必定会随着这个时代长大而容易沦落风尘吧，便也一样无可奈何花落去而难得追寻了。

对于我，明信片显得很重要，我对它一直情有独钟。如果有朋友出国问我需要带点儿什么东西，我会说帮我寄一张当地的明信片吧。今年①春节前夕，一个朋友去芬兰的赫尔辛基执教三个月，临行前，我也是这样对他说："帮我到赫尔辛基的西贝柳斯公园，买一张印有西贝柳斯雕塑头像的明信片吧。"如果是我出国到一个陌生的地方，我总要买一张当地的明信片寄回家。虽然现在电话和"伊妹儿"方便得很，我却固执地觉得，唯有明信片可以长期保留着当时的信息和气息。即使和信件相比，明信片上面多出的画面，时过境迁之后看到它，一下子就能够想起当年的情景，一目了然而活色生香起来。特别是国外的明信片印制得都非常漂亮，无论是当地的风光风情，还是当地的名胜名人，构图都比较别致，可以当成美术作品来欣赏。当然，更重要的是流年暗换之后，明信片能够唤回我许多回忆，清新如昨而不被尘埋网封。将那些明信片摆出长长的一串，雪泥鸿

注：①此文创作于2012年，文中"今年"指的是2012年。

爪，像是回头看自己曾经走过的足迹。

在国外买明信片，一般比较容易，旅游点都有卖，琳琅满目，随你可劲儿挑。寄明信片，有时就难点儿，因为人生地不熟，有时时间又紧迫，找邮局就显得捉襟见肘。于是，在匆忙之中找邮局，就成了我旅行中有意思的经历。

那年去了一趟土耳其和波兰。住在伊斯坦布尔郊外，根本找不到邮局，到城里，不是去参观去购物就是去吃饭，完了事立刻上车走人，不容我有片刻时间去找邮局。那一天，到Carusel购物，那是伊斯坦布尔一家很大的商厦，位于闹市，门前的街道不宽，但商店林立，人流如鲫。我想附近总该有邮局吧，匆匆在Carusel逛了一圈，便走了出来，在四周的大街小巷找了半天，也没有找到邮局，问了好几个人，也都是一问摇头三不知。这时候，同行的大多人已经逛完了商厦出来坐在车上，车子很快就要开了。我不甘心，临上车前又问了一位在街边上好像在等人的老头，听完我的问话，他也是摇头，我正要失望，他却紧接着用英语对我说："请等等。"说罢，拔腿穿过车水马龙的街道。隔着一条街，我看见他一连问了好几个过往的行人，听不见他说话，只看见他的嘴和胡子以及手一起在动，中间不断有汽车遮挡住了我的视线，那情景就好像在看电影里的默片。我看见他似乎终于问到了，腿迈下马路牙子要往我这边走，我赶紧向他招手，跑了过去。果然，他问清了，邮局离这里并不远，只是藏在一条很窄的小巷里。他怕我找不到，一直送我到了那条小巷的巷口。

在华沙，从肖邦故居回来，直奔文化宫看演出，演出要在晚上开始，时间很充裕。正好刚在肖邦故居买了几张明信片，便放心去找邮局。文化宫在元帅大街，那里是华沙的市中心，想找一家邮局该不是难事吧，谁想一直找到了夜幕垂落华灯初放，也没有找到邮局，心想莫非华沙人都不寄信吗？天黑路又不熟，那时已经不知自己在哪里，方向都弄不大清了，不敢恋战，正想打道回府，看见一个学生模样的人夹着书走过来，心想就再问最后一个人。他扬起年轻的脸听完我的问话，让我跟着他走，便跟着他穿街走巷一路迤逦而去。迷离的夜色和闪烁的灯光洒落在他的肩头，在我们的交谈中，我知道这位华沙大学历史系三年级的学生，对中国了解还真不少，不仅知道我们的孔子，还知道我们去年举办的肖邦音乐会。有了有趣的交谈，路显得短了，面前出现绿色的邮筒，他指指说到了，然后带我走进门，替我从一个机器前取下一张纸片，上面印着号码，他告诉我先在这里等候，等到柜台前的电子荧屏上出现号码，再去寄明信片。

最有意思的是前年春天去法国，在南部阿维尼翁，因为那里是座中世纪的古城，又是世界有名的戏剧之城，所以街巷中商亭前的明信片格外五彩缤纷。乱花迷眼之后，挑了一张明信片，想问人邮局在哪儿，正好迎面来了一位英俊的小伙。匆忙之中将 post office 说成了 police office，小伙子一愣，脸上现出惊愕的表情，我才知道自己说错了，他以为我要找警察局呢。我赶紧扬着手中的明信片告诉他是找邮局。他带我走进一条商业街，走进一间不大的杂货铺，向店主人说了几句我听不懂的法语。店主人拿出一张邮票，我付完钱，在明信片贴好邮票。小伙子和我一起走出店铺，指着旁边的一个邮筒，笑笑对我说了句那里就是 police office，然后和我告别。

我不知道如果有外国人来到中国，也想找邮局寄明信片，在时间就是金钱的今天，我们能不能有耐心和诚心，为他带路去找附近的一家邮局。但我会的，因为我曾经受惠于人，可以说，在国外的任何一个地方，只要我寻找邮局，都曾经有一个陌生人帮我带过路。

明信片带给我的回忆和回味，远远超过明信片自身。

知道我有积攒明信片的习惯，我的一个学生，大学毕业后到国外留学，然后定居，十多年了，到过许多国家，每到一个新的地方，不管多么匆忙，即使后来她已经是三个孩子的母亲，都不忘给我寄一张当地的明信片。什么事情能够坚持十多年，都不那么简单,水滴石穿,就这样湿润着漫长的岁月和枯燥的日子。每次收到她的明信片,我都很感动。细心的她更不忘找当地几枚纪念邮票贴在明信片上,让明信片更加漂亮。那一年是梵高逝世一百周年,她正好在荷兰一个叫作 Delft 的小城,特意买来荷兰新发行的纪念梵高的一套邮票,全部贴在一张明信片上。我可以猜想得到,在一个陌生的小城找邮局,一定和我曾经有过的经历一样,虽然有意思,但也不那么容易。

儿子到国外留学之后,自然也不会忘记给我寄来明信片,一年时间,寄来了六张。他到达学校的时候,是半夜,第二天起床办的第一件事,就是寄来一张明信片,画面是一头肥壮的牛。一个月后,他又寄来第二张明信片,上面印着草原上的猪。我和他的妈妈一个属猪一个属牛,他在明信片上写着:亲爱的爸爸妈妈:这几天我们这里的气温突然下降了,中午还好,早晨和晚上已经很冷了,很多人都感冒了。我倒还好,只是有点嗓子疼,再有就是很想你们。

感恩节放假时,他和美国同学驱车近一千公里,到同学家过节吃火鸡,感受美国人的生活。那是一个最早由斯堪的纳维亚移民建设的小城,他没有忘记在那里买一张当地的明信片寄来。那是一张别致的明信片,是用当地的木片做成的,上面印有当地斯堪的纳维亚历史博物馆的黑白图案。匆匆之中,他在旁边写着几个字：爸爸妈妈：我在诺迈特，北达科他州，感恩节。很想你们。

那年的暑假，他去了密尔沃基，那是一个靠着密歇根湖的漂亮的城市，他从那里一下子寄来两张明信片，一张是密尔沃基艺术博物馆现代派的建筑，一张是米罗的画，他在后一张明信片上面写着简单的两行话：这是米罗的画，挂在密歇根湖的边上，想起过去我们在北京看的米罗画展。等你们来了，再一起去这里看吧。

最有意思的是，我自己给自己寄了一张明信片。是前年在纽约，孩子陪我和爱人一起去联合国总部参观，那一天正好赶上九月十一日，我买了一张印有联合国大厦前各国国旗飘扬的全景明信片，贴上纪念联合国成立六十五周年的纪念邮票，在明信片上写了这样一句：今天正好是"9·11"纪念日，参观联合国大厦，祈祷世界和平。然后让全家人各自签上自己的名字。因为全家都出来了，家中无人，只好在明信片上写上自己的名字。那是给自己的纪念，也是给自己的祈愿。

明信片就这样在不知不觉中成为我和孩子乃至全家生活的一部分。在分离的时候，它不仅是到此一游的纪念，更是传递我们彼此思念和牵挂的感情方式。在一起的时候，它是我们共同留给岁月的纪念，刻在日子里的脚印，就像放翁的诗："细书灯下幸能读，旧友梦中时与游。"特别是寄明信片时，都是在行色匆匆之中，明信片上空白的位置有限，有限的字落在方寸之间，地远天长之外，纸短情长，要的是功夫。

曾经读过法国诗人安·沃兹涅先斯基写的一首诗，就叫《明信片》，诗很短，一共八行："从巴黎给你捎点什么？／除了衣裳，及其他杂物，／一张我们发黄的海报，／还有思念你的一丝凄楚。／这些礼品价值不高。／我看中了白色的凯旋门，／脑子里试量着你的身材，／它像袒露背的连衣裙。"这是我看到的有关明信片最好的一首诗了，明信片带给诗人的想象，其实也是我们到达一个新地方特别是陌生国度的时候，常常会触景生情而涌出的想象；而明信片带给诗人的感情，更是我们所赋予明信片的感情。即使我们不会写诗，那些明信片已经成为我们生活里别致而温馨的诗。

朋友之间

老朱和我是中学同班的同学，大家叫他老朱，是因为他长着两撇又浓又黑的小胡子，显得比我们要大，要成熟。他是我们班的团支部书记。他主持开支部大会，学生干部有干部的样子，就像唱戏的老生总会有老生的装扮，一举一动都显得老成持重。以后我们一起到北大荒插队，组织毛泽东思想文艺宣传队上台演出节目，他演的也总是干部的形象，在话剧《艳阳天》中，他当然演的是肖长春。上中学那会儿，他自己也处处起着老大哥的表率作用，处处不忘他是个学生干部，非常愿意帮助别人。

其实，他只比我大一岁。

高一那一年，到农村劳动，我突然腹泻不止，吓坏了老师，立刻派人送我回家。派谁呢？天已经渐渐黑了下来，出了村，四周是一片荒郊野地，听说还有狼。老朱说："我去送吧！"他赶来一辆毛驴车，扶我坐在上面，扬鞭赶出了村。那是他生平第一次赶毛驴车，十几里乡村土路，就在他的鞭下、毛驴车的轮下，颠簸着如流逝去。幸亏那头小毛驴还算听话，路显得好走了许多，只是天说黑一下子就黑了下来，四周没有一盏灯，只有星星在天上一闪一闪，一弯奶黄色的月亮如镰如钩，没有在天文馆里见到的星空那样迷人，真觉得有些害怕，尤其怕突然会从哪儿蹿出匹狼。

一路上，我的肚子疼得很，不时还要跳下车跑到路边蹲稀，没有一点气力和老朱说话，只看他赶着车往前走。他也不说话，我知道他和我一样也有些怕，前不着村后不着店的，我们像被罩在一个黑洞洞的大锅底下，再怎么给自己壮胆，也觉得瘆得慌。那时，我们才十五六岁呀！

终于，看到隐隐约约的灯火闪烁的时候，我俩都舒了一口气。倒退几十年前，农村和城里的区别就是这样明显，突然间面前出现两排昏黄的路灯，我们知道小毛驴的任务完成了。老朱把我送上公共汽车，向我挥挥手，赶着他的小毛驴车往回走了。那时候的北京城，毛驴车和大汽车就是这样和平共处，相映成趣。我看见老朱赶着毛驴车消失在浓重的夜色之中，心里忽然涌出一种说不出的感情。

人和人之间的距离，有时候就是这样拉长或缩短的。人和人之间的友谊，有时候就是这样悄悄地滋润着、蔓延在心房的。我不知道老朱独自一人赶着那辆小毛驴车，是怎样回村的。可以想象得到十几里荒郊野外，夜路蜿蜒、夜雾飘散、夜露垂落，不是那么容易走的。

我们的友谊，大概就是从那个夜色苍茫的夜晚开始的。

从那以后，我们渐渐熟了起来。我常到他的家里去，他也常到我家来，我们发现彼此身上有着太多相似的东西，不是命运的巧合，就是生活的轨迹如出一辙。我们两人的出身、经历、家庭状况……非常相似，我有一个疼爱我、为了家早早就出去工作的姐姐，和一个不大听话的弟弟，他也一样，有这样一个让人敬重、同样为了家早早就出去工作的姐姐，和一个让人操心的弟弟；我的家生活不富裕，母亲曾糊纸盒养家，他的母亲一样也曾艰辛地打过麻绳。最巧的是，他的父亲是一家食品厂的会计，我的父亲是税务局的科员，偏巧正负责向他父亲收食品厂的税。还有相同的一点，我们的父亲都曾经当过国民党部队的军需官……

我们似乎是走的同一条路，从童年而来，一直走到了这个夜色苍茫的夜晚，心和心忽然碰撞到一起。

童年和少年还没来得及回味，我们就长大了。

1968年的春天，我正在呼和浩特的姐姐家，是老朱一连几封鸡毛信将我召回，他对我说："北大荒来人招学生去北大荒的农场，下一拨是到山西插队，咱们还是争取到北大荒去吧！"我们彼此都明镜般地清楚，能到北大荒农场去，是我们当时最好的出路了。

我们开始去找北大荒农场来的人磨，那时去北大荒，由于出身，我们都不够格。我们说好了一定要争取去北大荒，而且一定要一起去。许多个夜晚，我们都去泡北大荒来的人的住处，软磨硬泡。大概心诚则灵吧，最后我们两人都被批准了。被批准的那天晚上，我们一直走到天安门广场，华灯璀璨，春风吹拂，我们非常高兴，毕竟是挺不容易才被批准的，一时的兴奋淹没了一切，以为捡了什么喜帖子。

我们的友谊，就这样齐步走。友情这东西，不是美人痣，与生俱来，而是脚底下的泡，靠日子走出来的，日子摞上日子，友情便结上结实的老茧。

分手之际，我和老朱，还有老傅和俊戍四个同班好友，来到崇文门外的崇文食堂，想如荆轲风萧萧兮易水寒壮别一样，开怀痛饮一番。掏遍了衣袋，只有老朱掏出两角六分，买一瓶小香槟，倒在四只杯中，瓶底还剩下一点儿，老朱说了句文绉绉的学生腔："谁还觉得歉然？"没人说话。老朱举起瓶，将瓶中酒分成四份倒在每人的杯中。便一起举杯，再无豪言壮语，默默地一饮而尽。从此，悲欢离合一杯酒，南北东西万里程。

我和老朱坐着同一列火车离开的北京，1968年7月20日上午10点28分，这个时间永远在我们的生命中定格。那一天，锣鼓喧天中有人在笑有人在哭，我们两人都有些心不在焉，眼睛不住张望着车窗外的站台，希望站台上能够出现我们渴望出现的奇迹。那时，我二十一岁，老朱二十二岁，都有了朦朦胧胧的恋情，我的女朋友是我一个小学的同学，他的是邻校女中的同学。我们彼此没有说什么，但都明白同样是等她们。而她们分别对我们两人说要来车站为我们送行。但是，火车开了，她们两人谁也没有出现在站台上。我们两人的失望都一览无余地写在各自的脸上。

火车刚刚驶出北京站，在建国门前城墙的垛口上，老朱看见了，我也看见了，他的那位女朋友高高地站在古城墙的垛口上，秀发迎风摆动。老朱忽然将半个身子探出车窗，挥着手高喊着她的名字叫道："给我来信！"

火车在这一刹那风驰电掣而去，再看不见她的身影。

五十三年过去了，老朱那喊声依然清晰地回荡在我的耳边。这是我见到的他第一次，也是唯一的一次情不自禁的冲动，和他一向的老成持重大相径庭。

五十三年过去了，我们的中学时代，就是在火车飞驰离开北京那一刻，彻底和我们告别了。

远航归来

不知为什么,最近一些日子,总想起王老师。王老师,是我的小学老师,虽然已经过去了整整六十年,我还清楚记得他的名字叫王继皋。

王老师是我们班语文课的代课老师。那时候,我们的语文任课老师病了,学校找他来代课。他第一次出现在教室门口,引得全班同学好奇的目光,聚光灯一样集中在他的身上。他梳着一个油光锃亮并高耸起来的分头,身穿笔挺的西装裤子,白衬衣塞在裤子里面,很精神的打扮。关键是脚底下穿着一双皮鞋格外打眼,古铜色,鳄鱼皮,镂空,露着好多花纹编织的眼儿。

从此,王老师在我们学校以时髦著称,常引来一些老师的侧目,尤其是那些老派的老师不大满意,私下里议论:校长怎么把这样一个老师给弄进学校来,这不是误人子弟嘛!

显然,校长很喜欢王老师。因为他有才华。王老师确实有才华。王老师的语文课,和我们原来语文老师教课最大的不一样,是他每一节课都要留下十多分钟的时间,为我们朗读一段课外书。这些书,都是他事先准备好带来的,他从书中摘出一段,读给我们听。书中的内容,我都记不清楚了,但每一次读,都让我入迷。这些和语文课本不一样的内容,带给我很多新鲜的感觉,让我充满好奇和向往。

不知别的同学感觉如何,我听他朗读,总觉得像是从电台里传出来的声音,经过了电波的作用,有种奇异的效果。那时候,电台里常有小说连播和广播剧,我觉得他的声音,有些像电台广播里常出现的董行佶。爱屋及乌吧,好长一阵子,我喜欢听人艺演员董行佶的朗诵。私底下,模仿着王老师的声音,也学着朗诵。有一次,参加学校组织的朗诵比赛,我选了一首袁鹰写的《密西西比河,有一个黑人的孩子被杀死了》,班主任老师找王老师指导我。他很高兴,记得那天放学后在教室里,他一遍一遍辅导我。离开校园,天都黑了,满天星星在头顶怒放，感觉是那样美好。我喜欢文学，很大一方面，应该来自王老师教给我的这些朗诵。

王老师朗读的声音非常好听，他的嗓音略带沙哑，用现在的话说，是带有磁性。而且，他朗读的时候，非常投入，不管底下的学生有什么反应，他都沉浸其中，声情并茂，忘乎所以。有时候，同学们听得入迷，教室里安静得很，他的声音在教室里如水波一样荡漾。有时候，同学们听不大懂，有调皮的同学开始不安分，故意发出怪声，或成心把铅笔盒弄掉到地上。他依旧朗读他的，沉浸在书中的世界，也是他自己的世界里。

王老师的板书很好看，起码对于我来说，是见到的字写得最好看的一位老师。他头一天给我们上课，先介绍自己的名字的时候，转身用粉笔在黑板上写下了"王继皋"三个大字，我就觉得特别的好看。我不懂书法，只觉得他的字写得既不是那种龙飞凤舞的样子，也不是教我大字课的老师那种毛笔楷书一本正经的样子，而是秀气中带有点儿潇洒劲头。我从没有描过红模子，也从来没有模仿过谁的字，但是，不知不觉地模仿起王老师的字来了。起初，上课记笔记，我看着他在黑板上写的字的样子，照葫芦画瓢写。后来，渐渐地形成了习惯，写作文，记日记，都不自觉地用的是王老师的字体。这个习惯，一直延续到我读中学，即使到现在，我的字里面，依然存在着王老师字抹不去的影子。这真是件非常奇怪的事情，一个人对你的影响，竟然可以通过字绵延那么长的时间。

不仅字写得好看，王老师人长得也好看。我一直觉得他有些像当时的电影明星冯喆。那时候，刚看完《南征北战》，觉得特别像，还跟同学说过，他们都不住点头，也说是像，真像。后来，我又看了《羊城暗哨》和《桃花扇》，更觉得他和冯喆实在是太像了。这一发现，让我心里暗暗有些激动，特别想对王老师讲，但没有敢讲。当时，年龄太小，觉得王老师很大，师道尊严，拉开了距离。其实，现在想想，王老师当时的年龄并不大，撑死了，也不到三十。

王老师给我留下最深的印象，是好几次讲完课文后留下来的那十多分钟，他没有给我们读课外书，而是教我们唱歌。他自己先把歌给我们唱了一遍，唱得真是十分好听，比教我们音乐课的老师唱得好听多了。沙哑的嗓音，显得格外浑厚，他唱得充满深情。全班同学听他唱歌，比听他朗诵要专注，就是那几个平时调皮捣蛋的同学，也托着脑袋听得入迷。

不知道别的同学是否还记得，我到现在记忆犹新。王老师教我们唱的歌，叫作《远航归来》。我到现在还清楚地记得那里面的每一句歌词：

祖国的河山遥遥在望，

祖国的炊烟招手唤儿郎。

秀丽的海岸绵延万里，

银色的浪花也叫人感到亲切甜香。

祖国，我们远航归来了，

祖国，我们的亲娘！

当我们回到你的怀抱，

火热的心又飞向海洋……

这首歌不是儿童歌曲，但抒情的味道很浓，让我们很喜欢唱，好像唱大人唱的歌，我们也长大了好多。全班一起合唱响亮的声音，传出教室，引来好多老师，都奇怪怎么语文课唱起歌来了。

一连好几次的语文课上，王老师都带我们唱这首歌，每一次唱，我都很激动，仿佛真的是一名水兵远航归来，尽管那时我连海都没有见过，也觉得银色的浪花和秀丽的海岸就在身边。我也发现，每一次唱这首歌的时候，王老师比我还要激动，眼睛亮亮的，好像在看好远好远的地方。

没有想到，王老师教完我们这首歌不几天，就离开了学校。那时候，我还天真地想，王老师教课这么受我们学生的欢迎，校长又那么喜欢他，兴许时间一长，他就可以留在学校里，当一名正式的老师。

我们的语文任课老师病好了，重新回来教我们。我当时心想，他的病怎么这么快就好了呢？王老师在课上，没有说一句告别的话，甚至都没有他就要不教我们的意思，就和我们任课老师完成了交接班的程序。甚至根本不需要什么程序，像一阵风吹来了，又吹过去了，了无痕迹。那一天语文课，忽然看见站在教室门前的是我们的任课老师，不再是王老师，心里忽然像是被闪了一下，有点儿怅然若失。

当然，那时，我们所有的同学都还是孩子，王老师没有必要将他的人生感喟对我们讲。我总会想，王老师那么富有才华，为什么只是一名代课老师呢？短暂的代课时间之后，他又会去做什么呢？当时，我还太小，无法想象，也没有什么为王老师担忧的，只是觉得有些遗憾。但是，时过境迁之后，越来越知道了一些世事沧桑和人生况味，对王老师的想象在膨胀，便对王老师越发怀念。

整整六十年过去了，这首《远航归来》，还常常会在耳边回荡。这首歌，几乎成了我的少年之歌，成了王老师留给我难忘旋律的定格。

长大以后，读苏轼那首有名的诗：人生到处知何似，应似飞鸿踏雪泥。泥上偶然留指爪，鸿飞那复计东西。会想起王老师。他教我不到一学期，时间很短，印象却深。鸿飞不知东西，但雪泥留下的指爪印痕，却是一辈子抹不掉的，这便是一名好老师留给孩子的记忆，更是对于孩子的影响和作用。

我以为我不会再见到王老师了。没有想到，初三毕业的那年暑假，我到新认识不久的一个高三的师哥家，竟然意外见到了王老师。

师哥家离我家不远，是一个三进三出的大四合院。那时，学校有一块墙报叫《百花》，每月两期，上面贴有老师和学生写的文章，我的这位师哥的文章格外吸引我，成为我崇拜的偶像。我到他家，是他答应借书给我看。记得那天他借我的是李青崖译的上下两册《莫泊桑短篇小说选》。他向我说起了王老师的事情，因为出身问题，王老师没有考上大学，以为是考试成绩不够，他不服气，又一连考了两年，都以失败告终。不仅没有考上大学，出身不好，又好打扮，便也没给他分配工作，他只能靠打临时工谋生，最后，家里几番求人，好不容易分到南口农场当了一名农场工人。然后，师哥又对我说，他喜欢文学，也是受到了王老师的影响。

我见到王老师的时候，他正坐在一个小马扎上，在他家门前一片猩红色的西番莲花丛旁乘凉。我一眼认出他来，走上前去，叫了一声："王老师！"他眨着迷惑不解的眼睛，显然没有认出我来。我进一步解释："您忘了？第三中心小学，您代课，教我们语文？"他想起来了，从小马扎上站起来，和我握手。我才发现，他是挂着一个拐杖站起身来的。我师哥对我说："王老师是在农场山上挖坑种苹果树的时候，被滚下来的石头砸断了腿。"他摆摆手，对我说："没事，快好了。"

那一刻，小学往事，一下子兜上心头，我好像有一肚子话要说，却什么也说不出来。他看见我手里拿着的书，问我："看莫泊桑呢？"我所答非所问地说："我还记得您教我们唱的《远航归来》呢。"他忽然仰头笑了起来。我们就这样告别了。那以后，我好久都不明白，说起了《远航归来》，他为什么要那样地笑。我只记得，他笑罢之后，随手摘下了身边一片西番莲的花瓣，在手心里揉碎，然后丢在地上。

草帽歌

那年的夏天，我在五号地割麦子。北大荒的麦田，甩手无边，金黄色的麦浪起伏，一直翻涌到天边。一人负责一片地，那一片地大得足够割上一个星期，四周老远见不着一个人，真的磨人的性子。

那天的中午，日头顶在头顶，热得附近连棵树的阴凉都没有。我吃了带来的一点儿干粮，喝了口水，刚刚接着干了没一袋烟的工夫，麦田那边的地头传来叫我名字的声音，麦穗齐腰，地头地势又低，看不清来的人是谁，只听见声音在麦田里清澈回荡，仿佛都染上了麦子一样的金色。

我顺着声音回了一声："我在这儿呢！"顺便歇会儿，偷点儿懒。径直望去，只见烈日下麦穗摇曳着一片金黄，过了好大一会儿，才渐渐地看见麦穗上漂浮着一顶草帽，由于草帽也是黄色的，像是和麦穗粘在了一起，风吹着它一路飘来，如同一个金色的童话。

走近一看，原来是我的一个女同学。她长得娇小玲珑，非常可爱，我们是从北京一起来到北大荒的，她被分在另一个生产队，离我这里三十六里地。她是刚刚从北京探亲回来，家里托她给我捎了点儿东西，她怕有辱使命，赶紧给我送来。队里的人告诉她我正在五号地割麦子，她又马不停蹄地跑到了麦地里。当然，我心里清楚，那时，她对我颇有好感，要不也不会有那么大积极性。

接过她捎来的东西，感谢的话、过年的话、扯淡的话、没话找话……都说过了之后，彼此都不敢道出真情，便一下子哑场。最后，我开玩笑地对她说："要不你帮我割会儿麦子？"她说："拉倒吧，留着你自己慢慢解闷吧。"便和我告别，连个手都没有握。

麦田里，又只剩下我一个人。无边翻滚的麦浪，一层层紧紧拥抱着我，那不是爱，而是磨炼，磨蜕你的一层皮，让你感觉人的渺小。

大约过去了一个小时,身后的麦捆都捆好了好多个,地头忽然又传来叫声,还是她,还是在叫我的名字。我回应着她,趁机又歇会儿。过了一会儿,看见那顶草帽又飘了过来,她一脸汗珠地站在我的面前。

我不知道她来回走了八里多地回来干什么,心里猜想会不会是她鼓足了勇气要表达什么了,一想到这儿,我倒不大自在起来。谁想到,她从头上摘下草帽递给我,她说:"走到半路上才想起来,你割麦子连个草帽都没有!"

往事如烟,过去了将近四十年,日子让我们一起变老,阴差阳错中我们各自东西。但是,常常会让我感慨,有时候,你不得不承认,无论是在记忆里还是在生活中,友情比爱情更长久。

椴树蜜

一

那年，我回北大荒，车子跨过七星河，来到大兴岛，笔直朝南开出大约十里地，开到三队的路口。青春时节最重要的记忆，许多都埋藏在这里。车子刚刚往东一拐弯，我犹豫了一下——是集体的行动，怕影响大家整体行程安排——但在那一瞬间，话还是忍不住脱口而出："要不让我下车去看看老孙家吧，下午我再到场部找你们。"那声音突然响起，而且是那样大，连我自己都有些吃惊。

回北大荒看望老孙，一直是我心底里的愿望。这种愿望自登上北上的列车，就越来越强烈，在三队路口一拐弯，更加不可抑制。

老孙，是我们二队洪炉上的铁匠，名叫孙继胜。他人长得非常精神，身材高挑瘦削，却结实有力，脸膛也瘦长，却双目明朗，年轻时一定是个俊小伙儿，爱唱京戏，"文化大革命"前曾和票友组织过业余的京戏社，他演程派青衣。

他是我们队上地地道道的老贫农、老党员，因此平时说话颇有分量。他打铁时，夏天爱光着脊梁，套一件帆布围裙，露出膀子上黝亮的腱子肉，铁锤挥舞之中，铁砧上火星四冒，像无数的萤火虫在他身边嬉戏萦绕。那是我们队上最美的一幅画。在队里的时候，我曾写过一首诗《二队的夜晚》，里面专门写了洪炉夜晚老孙打铁的美丽情景。令人欣慰的是，当时很多知青把这首诗抄在笔记本里，至今还有人能够背诵。其实，当时这首诗主要是为了写老孙，记录我对老孙的一份感情。

这份感情，就像洪炉上淬火迸发出火热而明亮的火星一样，发生在1971年的冬天。那一年，我二十四岁。

二

我和同来北大荒的九个同学，因为队里的一些事情，得罪了队上的头头，他们搬来了工作组，认为我是为首者，便准备枪打出头鸟。当时，几乎所有人都像躲避瘟疫一样躲着我。我知道，厄运已经不可避免，就在前头等着我呢。

那一天收工之后，朋友悄悄告诉我，晚上要召开大会，要我注意一点儿，做好一些思想准备。我猜想到了，大概是要在这一晚上把我揪出来，因为几天前这样的舆论就已经雾一样弥漫开了。

那一天晚上飘起了大雪。队上的头头和工作组组长都披着军大衣，威风凛凛地站在了食堂的台上，我知道躲过了初一躲不过十五，硬着头皮，强打着精神，来到食堂。我虽然做好了思想准备，心里还是忍不住瑟瑟发抖。我不知道待会儿真被揪到台上，自己会是怎样狼狈。

谁能够想到呢！那一晚，工作组组长声嘶力竭地大叫着，一会儿说这，一会儿说那。总之，他讲了许多，讲得让人提心吊胆，但是一直讲到最后，讲到散会，也没有把我揪到台上去示众。我有些莫名其妙，以为今晚不揪了，也许放到明晚了？

我坐在板凳上一动不动，等着所有人都走尽了，才拖着沉甸甸的步子走出食堂。这时，我忽然看见食堂门口唯一的一盏马灯下面，很显眼地站着一个大高个儿。他就是老孙。雪花已经飘落了他一身，就像是一尊白雪的雕像。

那时，四周还走着好多人，只听老孙故意大声地招呼着我："肖复兴！"那一声大喝，如同戏台上的念白，不像青衣，倒像是铜锤花脸，字正腔圆，回声荡漾，搅动得雪花乱舞。

紧接着，他又大声说了一句："到我家喝酒去！"然后，大步走了过来，一把拉住我的胳膊，当着那么多人（其中包括队上的头头和工作组组长）的面，旁若无人似的把我拖到他家里。

炕桌上早摆好了酒菜——显然是准备好的。老孙让他老婆老邢又炒了两个热菜，打开一瓶酒，和我对饮起来。酒酣耳热之际，他对我说："我和好几个贫下中农都找了工作组。我对他们说了，肖复兴就是一个从北京来的小知青，如果谁敢把肖复兴揪出来，我就立刻上台去陪他！"

谁肯艰难际，豁达露心肝？

算一算，四十四年过去了，许多事情，许多人，都已经忘却了，但铁匠老孙总让我无法忘怀。有他这样的一句话，会让我觉得北大荒所有的风雪、所有的寒冷都变得温暖起来。对于我所做过的一切，不管是对是错，都不后悔。什么是青春？也许，这就叫作青春。青春就是傻小子睡凉炕，明知凉，也要躺下来是条汉子，站起来是棵树。

三

1982年，大学毕业那年夏天，我回了北大荒，第一个找到的就是老孙。那是我和老孙分别八年后的第一次相见。当时，他正在洪炉上干活，系着帆布围裙，挥舞着铁锤。他的周围，火星四溅。一切是那样熟悉，那一瞬间，像是回到那年找他为我打镰刀时的情景。他一眼看到我，停下手里的活。我上前一把握着他的手，一句话也说不出，泪水模糊了我的眼睛。

他把活交给了徒弟，拉着我向家中走去，一路上，什么话也没有说，只是用他那结满老茧的大手紧紧握住我的手。那手那样有力，那样温暖。刚进院门，他就大喊一声："肖复兴来了！"那声音响亮如洪钟，让我一下子就想起那年冬天他那声洪钟大嗓的大喝："肖复兴！到我家喝酒去！"

进了屋，他的老婆老邢把早就用井水冲好的一罐子椴树蜜甜水端到我面前。一切，真像镜头回放一样，迅速地回溯到以前。自从那个风雪之夜老孙招呼我到他家喝了第一顿酒之后，在北大荒的那些日子里，冬天，我没少到他家喝酒吃饭打牙祭。他家暖得烫屁股的炕头，我没少和他脸碰脸地坐在一起。春天，到他家吃第一茬春韭包的饺子。夏天，到他家喝从井里冰镇好的椴树蜜，是我最难忘的记忆了。

那春韭嫩绿嫩绿，从他家屋后园子里割下来，常常还带着露珠儿，根根亭亭玉立，像从泥土里钻出来的小美人。只要听见老邢在柞木菜墩上剁韭菜馅，就能闻见清新的香味，那种带有春天湿润气息和一种淡淡草药的气味，特别蹿，一下子就冲撞进我的鼻子里，然后像长上了翅膀一样，蹿得满屋子都是。老邢用自己家鸡新下的蛋，与韭菜和在一起做的饺子馅，真的特别好吃。返城以后，我再没吃过那么香的饺子。

椴树蜜，是北大荒最好的蜜了。在大兴岛靠近七星河原始的老林子里，有一片茂密的椴树，夏天开小白花，别看花不大，但开满树，雪一样皑皑一片，清香的味道，荡漾在整片林子里。会有成群的蜜蜂飞过来，也有养蜂人拿着蜂箱，搭起帐篷，到林子里养蜂采蜜。那时候，椴树开花前后，老孙爱到那片老林子里养几箱蜜蜂，专门整些椴树蜜。他家菜园子里，有他自己打的一口机井。他常常把椴树蜜装进一个罐头瓶子里，然后放进井下面，等收工回来时，把椴树蜜从井里吊上来喝，冰凉沁人。这是那时候冰镇的最好法子，井就是他家的冰箱。

喝到这样清凉的椴树蜜，岁月一下子就倒流了回去，让你觉得一切都没有逝去，曾经的一切，都可以复活，保鲜至今。

四

如今，又是那么多年头过去了，我不知道老孙变成什么样子。算一算，他有七十上下的年龄了。我真的分外想念他，感念他。

又到了三队，模样依旧，却又觉得面目全非，岁月仿佛无情地撕去了曾经拥有过的一切，只是顽固地定格在青春的时节里罢了。在场院上看见了现在三队的队长,他是我教过的学生。他带着我往西走,还是当年那条土路。路两旁,不少房子还是老样子,只是更显得低矮破旧。大概前几天下过雨,地翻浆得厉害,拖拉机链轨碾过的沟壑很深,不平的地就更加凹凸不平。由于是大中午,各家人都在屋子里吃饭休息,路上没有见一个人,只有一条狗和几只鸡。记忆中,1982年来时,也是走的这条路,老孙拉着我的手就往他家走,一路上洪亮的笑声,一路上激动的心情,恍若昨天。

如果没记错的话,前面应该就是老孙家。那么多年没来了,我不大敢保证,问了一下年轻的队长,队长说就是。正说着,走到老孙家前十来步远的时候,老孙家院子的栅栏门推开了,从里面走出来一个女人,正是老孙的老伴儿老邢。仿佛她知道我要来似的,正在出门迎我呢。我赶紧走了几步,走到她面前。她有些意外,愣愣地望着我。队长指着我问她:"你还认识吗?看是谁?"她愣了那么一瞬间,就认出了我来,一把抓住我的胳膊,眼泪唰地流了出来,我也忍不住哭了起来。我俩什么话也没有说出来,只能感到彼此的手都在颤抖。

走进老孙的家门,她才抽泣地对我说老孙不在了。我从她刚刚的眼泪里就已经意识到了。她说,老孙一直有高血压和心脏病,一直舍不得吃药,省下的钱,好贴补给小孙子用。那时,小孙子要到场部上小学，每天来回十八里路，都是老孙接送。那年的三月，夜里两点，老邢只听见老孙躺在炕上大叫了一声，人就不行了。小孙子整整哭了两天，舍不得爷爷走，谁劝都不行，就那么一直眼泪不断线地流着。

我想象着当时的情景，开春前后，正是心血管病的多发期。三月的北大荒，积雪没有化，天还很冷，就在这间弥散着泥土潮湿气的小屋里，就在我坐的这烧得很热的火炕上，老孙离开了这里，离开1959年他二十六岁从家乡山东日照支边来到这里就没有离开过的大兴岛。那一年，老孙才六十九岁，他完全可以活得再长一些。

望着老孙曾经生活过那么久的小屋，我的心里很不是滋味。那年，我来看老孙时，就在这间小屋里。这么多年过去了，小屋没有什么变化，所有简单的家具，一个大衣柜、一张长桌子，还是老样子，也还是立在原来的地方。一铺火炕也还是在那里，灶眼里堵满了秋秸烧成的灰。家里的一切似乎都还保留着老孙在时的样子，只要一进门，仿佛老孙还在家里似的。那些简陋的东西，因有了感情的寄托，富有了生命，那些东西还立在那里，不像是物品，而像是有形的灵魂和思念。

一扇大镜框还是挂在桌子所靠的墙上，只是镜框里面的照片发生了变化，多了孙子外孙子的照片，没有老孙的照片。我仔细瞅了瞅，以前我曾经看过的老孙穿军装的照片和一张虚光的人头像，都没有了。那两张照片，都是老孙年轻时照的，那张虚光的照片是老孙外出唱戏时在县城照相馆里照的。一定是老邢怕看见照片，触景生情，取下了吧？

我小心翼翼地问老邢："老孙的照片还在吗？"

她说："还在。"说着，从大衣柜里取出了一本相册，我看见里面夹着那两张照片。还有好几张老孙吃饭的照片，老邢告诉我："那是前几年给他过生日的时候照的。"我看到了，炕桌上摆着一个大蛋糕，好几盘花花绿绿的菜，一大盘冒着热气儿的饺子，碗里倒满了啤酒。老孙是个左撇子，拿着筷子，很高兴的样子。那些照片中，老孙显得老了许多，隐隐约约，能够看出一点病态来，他拿着筷子的手显得有些不大灵便。

我从相册中取出一张老孙拿着筷子、夹着饺子正往嘴里塞的照片，对老邢说："这张我拿走了啊！"

她抹抹眼泪说："你拿走吧。"

我把照片放进包里，望望后墙，还是那一扇明亮的窗户，透过窗户，能看见他家的菜园，菜园里有老孙自己打的一眼机井。我那次来喝的就是那眼机井里打上来的水冲的椴树蜜。似乎，老孙就在那菜园里忙着，一会儿就会走进屋里来，拉着我的手，笑眯眯地打量着我；如果高兴，他兴许还能够唱两句京戏,他的唱功不错,队里联欢会上,我听他唱过。

那一瞬间,我有些恍惚。人生沧桑中,世态炎凉里,让你难以忘怀的,往往是一些很小很小的小事,是一些看似和你不过萍水相逢的人物,或是一句能够打动你一生的话语。于是,你记住了他,他也记住了你,人生也才有了意义,才有了可以回忆的落脚点和支撑点。我一直以为回忆的感动与丰富,才是人一辈子最大的财富。

当我回过神来,发现老邢不在屋了。我忙起身出去找,看见她在外面的灶台上为我们洗香瓜。清清的水中,浮动着满满一大盆香瓜。白白的,玉似的晶莹剔透。这是北大荒的香瓜,还没吃,就能够闻到香味了。

我拽着她说:"先不忙着吃瓜,带我看看菜园吧。"

菜园很大,足有半亩多,茄子、黄瓜、西红柿姹紫嫣红,一垄一垄的,拾掇得利利索索、整整齐齐。只是老孙去世之后,那眼机井突然抽不出水来了。这让老邢,也让所有人感到奇怪。有些物件,和人一样,也是有感情的,有生命的。生死相依,一世相伴,有时候,并不只局限于人。

空旷的菜园里,只有我们两个人,午后的风也凉爽了许多,整个三队安静得像是远遁尘世的隐士。前排房子的烟囱里有烟冒出来,几缕,淡淡的,活了似的,精灵一般,袅袅地游弋着。

远处，是蓝天，是北大荒才有的那样湛蓝湛蓝的天，干净得像是用眼泪洗过一样，安静得连蜜蜂飞过的声音都听得见。

那一刻，我的心一阵阵发紧——我才真正发现，我此次回大兴岛最想见的人，已经看不见了。搂着老邢的肩头，我很想安慰她几句，说几句心里话，但我发现我的嘴其实很笨拙，什么也说不出来，只是眼泪忍不住又落了下来。

倒是老邢握住我的手，劝起我来："老孙在时，常常念叨你。可惜，他没能再见到你。他死了以后，我就劝自己，别去想他了，想又有什么用？别去想了啊！你知道，我比老孙小整整十岁，我就拼命地干活，上外面打柴，回来收拾菜园子。"

想一想，有时候，万言不值一杯水；有时候，一句话，能够让人记住一辈子。年轻的时候，我们并不怎么珍惜青春；年老了以后，我们再来谈青春，往往显得矫情和奢侈，但无论怎么说，一个人青春时节奠定的来自民间的情感和立场，却是能够影响人一辈子的。

那天下午，我从三队返回农场场部，从车上搬下来一大塑料袋子香瓜——尽管队长说到场部也有好多香瓜，不用带了，老邢坚持一定要把这些香瓜塞上车，让他们一定给我带回来。她说："你们的是你们的，那是我的。"然后，她对我说，"老孙要是在，还能给你带点儿椴树蜜的，老孙不在了，家里就再也不做椴树蜜了,就用这香瓜代替老孙的一点儿心意吧。"一句话,说得我泪如雨下。我已经好久未曾落泪了,不知怎么搞的,那一天,我竟然无可抑制。

一连几天,满屋子都是香瓜的清香。

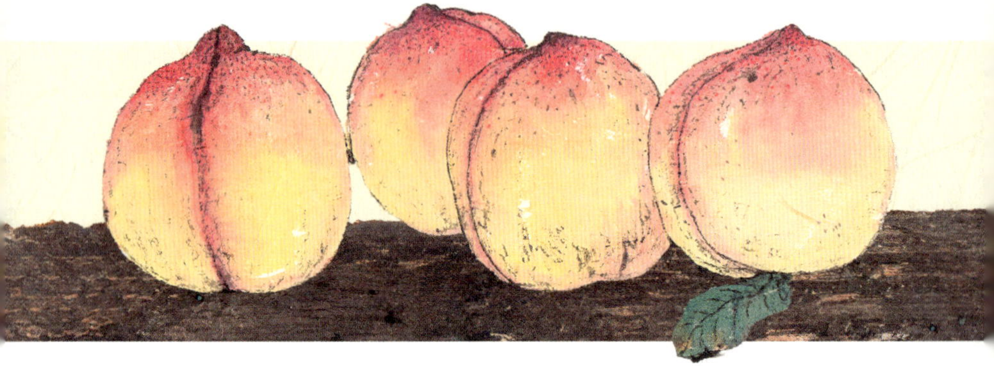

從今把定春風笑
且作人間長壽仙

晚风庭院，
陌上桑麻

嘟柿的记号

在北大荒，有一阵我对嘟柿非常感兴趣。原因在于没来北大荒之前，曾经看过林予的长篇小说《雁飞塞北》和林青的散文集《冰凌花》，两本书写的都是北大荒，都写到了嘟柿。来到北大荒的第一年春节，在老乡家过年，他拿出一罐子酒让我喝，告诉我是他自己用嘟柿酿的酒。又提到了嘟柿，我格外兴奋，一仰脖，喝尽满满一大盅。这种酒度数不高，微微发甜，带一点儿酸头儿，和葡萄酒比，是另一种说不出的味儿，觉得应该是属于北大荒的味儿。

这样两个原因，让我对嘟柿这种从未见

过的野果子充满想象。都说家花没有野花香，其实，家果也没有野果味道好。在北京，常见的是苹果鸭梨葡萄之类的果子；到北大荒，常见的是沙果、苹果和冻酸梨，还在荒原上，见过野草莓和野葡萄（我们称之为"黑珍珠"）；只是从未见过嘟柿。在想象力的作用下，常见的水果，自然没有未曾见过的野果那样有诱惑力，便觉得嘟柿应该属于北大荒最富有代表性的果子了吧？

非常好笑，起初因为嘟柿中有个柿字，望文生义，我以为嘟柿和北京见过的柿子一样，是黄色的。老乡告诉我，嘟柿是黑紫色的，吃着并不好吃，一般都是用来酿酒；并告诉我这种野果，长在山地和老林子里。我所在的生产队在平原，是很难见到嘟柿的。这让我很有些遗憾。老乡看出我的心情，安慰我说什么时候到完达山伐木，我带你去找嘟柿，那里的嘟柿多得很。可是，一连两年都没去完达山伐木，嘟柿只在遥远的梦中，一直躺在林予的小说和林青的散文里睡大觉。

一直到1971年，我被借调到兵团师部宣传队写节目。秋天，宣传队被拉到完达山下的一个连队体验生活，嘟柿，一下子又活蹦乱跳地出现在我的面前，仿佛伸手可摘。

有一天，吃饭的时候，我说起嘟柿，问宣传队里的人谁见过，大家都摇头，队上吹小号的一个北京知青对我说："我见过,那玩意儿在完达山里多的是,不稀罕。"

我和他不熟,我俩前后脚进的宣传队,彼此认识不久。他比我小两岁,"67届"老高一,从小在少年宫学吹小号,有童子功。我知道,他就是从这个连队出来的,常到完达山伐木、打猎、采蘑菇,自然对这里很熟悉,便对他说:"哪天你带我去找找嘟柿怎样?我还从来没见过这玩意儿呢。"

他一扬手说:"那还不是手到擒来的事情!"

宣传队有规定,不许大家私自进山,怕出危险,山上常有黑熊(当地人管熊叫作黑瞎子)出没。休息天,吃过午饭,悄悄地溜出队里,他带我进山。宣传队来到这里以后,进过几次完达山采风,都是大家一起,有人带队,说说笑笑的,没觉得什么。这一次,就我们两个人,虽说正是秋天树木最五彩斑斓的时候,但越往里面走,越觉得完达山好大,林深草密,山风呼呼刮得林涛如啸,好风景让位给了担心。待会儿还能找到原路走回去吗?在北大荒的老林子里迷路,是常有的事,当地人称作"鬼打墙",就是转晕了也走不出这一片老林子了。那将是非常可怕的事情。要是到了晚上,还走不出来,月黑风高,再碰上黑瞎子,可就更可怕了。即使没出什么危险,让大家打着手电筒,举着马灯,进山来满世界找,这个丑也出大发了。

我忍不住,将这担心对小号手说了。他一摆手,对我说:

"你跟着我就踏踏实实把心放进肚子里,我在这一片老林子里走的次数多了,敢跟你吹这个牛吧——脚面水,平蹚!"

看他胸有成竹的样子,我的心踏实了一些,问他怎么有这么大的把握,他告诉我:"你看这里的每一棵树长得都相似,其实每一棵树跟咱们人一样,长得都不一样,都有它们各自不同的记号。每条被人踩出来的小路,也有自己不同的记号。凭着这些记号,我就能找到回去的路。"

我称赞他:"可真了不得!"

他倒是很谦虚,对我说:"都是跟当地老乡学来的本事。"

他说的没错,这确实是一种本事,是人们经年累月从农事稼穑伐薪猎山中积累下的本事。小号手就是凭着这些林中的记号,带我找到嘟柿的。这些记号,在他的眼睛里司空见惯,像是熟悉的接头密语,呼应着、带着他走向这一片嘟柿地,而我却不认识其中一个记号,正如他所说的,在我的眼睛里,每一棵树长得都很相似,这里的每一条小路,尽管曲曲弯弯,也都很相似。

这是一片灌木丛,旁边是一片有些干涸的沼泽,夏天雨季的时候会有不少积水,是林子里的小鹿、野兔饮水的好地方。湿润的泥土,让四周杂草丛生得格外茂密,椴树柞树白桦红松黄檗罗紫叶李多种树木,高大参天,遮住烈日。蓊郁的林色笼罩，有些幽暗，有从树叶间投射进来的阳光，会显得特别明亮，像舞台上的追光一样，照在花草上，小精灵般跳跃，金光迸射。

扒拉开密密的草叶，终于看见了我思念已久的嘟柿，一颗颗，密匝匝地，长在叶子的上面，而不像葡萄缀在叶下。叶子烘托着嘟柿个个昂头向上，很有些芙蓉出水的劲头儿。只是，嘟柿的个头儿不大，比葡萄珠儿还小，比黄豆粒大一点儿，它椭圆形的叶子却很大，在这样大的叶子衬托下，它显得越发的弱小。这样的不起眼，让我有些失望，觉得辜负了我多年对它倾心的想象和向往。不过，它的颜色多少给我一点儿安慰，并不像老乡说的那样，是黑紫色，而是发蓝，不少是天蓝色，很明亮，甚至有些透明，皮薄薄的，一碰就会汁水四溢。没有成熟的，还有橙黄色甚至是微微发红的，摇曳在绿色的叶间，星星般闪烁，更是格外扎眼。

小号手告诉我："这玩意儿越到秋深时候，颜色会越深，现在看颜色好看，但不好吃，经霜之后，颜色不那么明亮了，味道才酸甜可口。挂霜的嘟柿，像咱们老北京吃的红果蘸，样子和味儿都不一样呢！"

我摘下几颗尝尝，果然不大好吃，有些发涩，还很酸。不过，我还是摘了好多，回去之后，也学老乡泡酒喝。不管怎么说，毕竟见到了嘟柿。北大荒的嘟柿！我想象、向往多年的嘟柿！

回去的路，显得近些，走得也快些。小号手说的没错，凭着林中的记号，那些树木，那些小路，那些花花草草，甚至那些野兽的蹄印，都仿佛是他的朋友，引领着他轻车熟路带我走下山，走出老林子。只是，我始终不知道在这样一片茂密的山林中，那些记号具体是些什么，都一一标记在哪里，仿佛那是对我屏蔽而唯独对他门户大开的秘境神域，是我不可见而唯独他可见可闻的魔咒或神谕。

流年似水，我离开北大荒已经近五十年了，一切恍然如梦，但那次进完达山寻找嘟柿的情景，记忆犹新。如今，我知道嘟柿其实就是蓝莓。在北京，作为水果，蓝莓已不新奇，但我敢说，如果说这是嘟柿，不少人会莫名其妙。市场上，新鲜的蓝莓果，以至蓝莓酒和蓝莓酱，或蓝莓做的蛋糕，都司空见惯。只是，那些都是人工培植的蓝莓，野生的蓝莓，才叫嘟柿。正如农村山野里柴禾妞进城，才将原来的丫蛋、虎妞，改成了丽莎或安娜。

野生的嘟柿，那些在完达山老林子里自生自灭的嘟柿，那些青春时节才会想象和向往的如梦如幻的嘟柿！如果达紫香可以作为北大荒花的代表，白桦林作为北大荒树的代表，乌拉草作为北大荒草的代表，嘟柿应该是北大荒野果当之无二的代表。

去年①秋天,我在天坛,坐在双环亭的走廊里,画对面山坡上的小亭子,一个戴鸭舌帽的老头儿站在我身后看。虽然画得不怎么样,但我常到这里来画画,已经练得脸皮厚了,不怕有人看,一般人看两眼,说几句客气话就转身走了。这个老头儿有点儿怪,一直看到我画完,我都合上画本,起身准备走了,他还站在那里,盯着我看,看得我有些发毛,不知道我身上有什么不对劲儿的地方,或者是他要对我讲什么。

他发话了:"怎么,不认识我了?"

我望着这位显得比我岁数还要大的老爷子,问道:"您是……"

"忘了?那年,我带你进完达山找嘟柿……"

原来是小号手,我一把握住他的手。不能怪我,岁月无情,让他变得比我还显得一脸沧桑,我真的认不出来了。同样小五十年没见,我的变化一样的大,他是怎么一下子就认出我来的呢?

我把疑问告诉他,他呵呵笑道:"你可真是贵人多忘事,我这个人没别的本事,就是记人记事记路记东西能耐大。是人是事是物,都有个自己的记号,你忘了在完达山,咱们是怎么进

注:①此文创作于2020年,文中"去年"指的是2019年。

山找到嘟柿的,又是怎么出山回来的了?"

我一拍脑门,连声说:"没错,记号!记号!"然后,我问他:"那你说我的记号是什么?"

他一指我的右眼角:"你忘了,你这儿有一道疤?"

没错,那是到北大荒第二年春天播种的时候,播种机的划印器连接的铁链突然断裂,一下子打在我的右眼角上,缝了两针,幸好没打在眼睛上。这么个小小的记号,居然当初被他发现,能一直记到五十年后,也实在属于异禀,非一般人能有。

今年初以来,闭门宅家读书,读福柯的老书《词与物》,其中他写道:"必须要有某个标记,使我们注意这些事物;否则,秘密就会无限期地搁置。""没有记号,就没有相似性。相似性的世界,只能是有符号的世界……相似性知识建立在对这些记号的记录和辨认上。"福柯在说完"最接近相似性的空间变得像一大本打开着的书"这样的比喻之后,引用了另一位学者克罗列斯的话:"产生于大地深处的所有花草、树木和其他东西,都是些魔术般的书籍和符号。"他还引用了克罗列斯的另外一句话:"这些符号拥有上帝的影子和形象或者它们的内在效能。这个效能是由天空作为自然嫁妆送给它们的。"魔术般的符号!自然的嫁妆!说得真是精彩,比福柯的论述还要形象生动。

读完这几段话,我立刻想起了小号手,想起五十年前他带领我进完达山寻找嘟柿的情景。我惊异于福柯和克罗列斯的话，竟然和小号手以及那天的事如此惊人地吻合，仿佛他们是特意为小号手和我所写的一样。我就是只看见了世界万物的相似性，却无法体认其中被搁置已久的秘密。小号手则记住了大自然中的那些记号，洞悉了产生于大地深处的所有花草、树木和其他东西中那些魔术般的符号，进而有滋有味地阅读那一大本打开着的书。

那片绿绿的爬山虎

1963年，我上初三，写了一篇作文叫《一张画像》，是写教我平面几何的一位老师。他教课很有趣，为人也很有趣，致使这篇作文写得也自以为很有趣。经我的语文老师推荐，这篇作文竟在北京市少年儿童征文比赛中获奖。当然，我挺高兴。一天，语文老师拿来厚厚一个大本子对我说："你的作文要印成书了，你知道是谁替你修改的吗？"我睁大眼睛，有些莫名其妙。"是叶圣陶先生！"老师将那大本子递给我，又说："你看看叶先生修改得多么仔细，你可以从中学到不少东西！"

我打开本子一看，里面有这次征文比赛获奖的二十篇作文。我翻到我的那篇作文，一下子愣住了：首先映入眼帘的是红色的修改符号和改动后增添的小字，密密麻麻，几页纸上到处是红色的圈、钩或直线、曲线。那篇作文简直像是动过大手术鲜血淋漓又绑上绷带的人一样。回到家，我仔细看了几遍叶老先生对我作文的修改。题目"一张画像"改成"一幅画像"，我立刻感到用字的准确性。类似这样的地方修改得很多，长句子断成短句的地方也不少。有一处，我记得十分清楚："怎么你把包几何课本的书皮去掉了呢？"叶老先生改成："怎么你把几何课本的包书纸去掉了呢？"删掉原句中"包"这个动词，使句子干净了也规范了。而"书皮"改成了"包书纸"更确切，因为书皮可以认为是书的封面。我真的从中受益匪浅，隔岸观火和身临其境毕竟不一样。这不仅使我看到自己作文的种种毛病，也使我认识到文学事业的艰巨：不下大力气，不一丝不苟，是难成大气候的。我虽然未见叶老先生的面，却从他的批改中感受到他的认真、平和以及温暖，如春风拂面。

叶老先生在我的作文后面写了一则简短的评语：这一篇作文写的全是具体事实，从具体事实中透露出对王老师的敬爱。肖复兴同学如果没有在这几件有关画画的事儿上深受感动，就不能写得这样亲切自然。这则短短的评语，树立起我写作的信心。那时我才十五岁，一个毛头小孩，居然能得到一位蜚声国内外文坛的大文学家的指点和鼓励，内心的激动可想而知，涨涌起的信心和幻想，像飞出的一只鸟儿抖着翅膀。那是只有那种年龄的孩子才会拥有的心思。

这一年暑假，语文老师找到我，说："叶圣陶先生要请你到他家做客！"

我感到意外。像叶圣陶先生这样的大作家，居然要见一个初中学生，我自然当成人生中的一件大事。

那天，天气很好。下午，我来到东四北大街一条并不宽敞却很安静的胡同。叶老先生的孙女叶小沫在门口迎接了我。院子是典型的四合院，敞亮而典雅，刚进里院，一墙绿葱葱的爬山虎扑入眼帘，使得夏日的燥热一下子减少了许多，阳光都变成绿色的，像温柔的小精灵一样在上面跳跃着、闪烁着迷离的光点。

叶小沫引我到客厅，叶老先生已在门口等候。见了我，他像会见大人一样同我握了握手，一下子让我觉得距离缩短不少。落座之后，他用浓重的苏州口音问了问我的年龄，笑着讲了句："你和小沫同龄呀！"那样随便、和蔼，作家头顶上神秘的光环消失了，我的拘束感也消失了。越是大作家越平易近人，原来他就如一位平常的老爷爷一样让人感到亲切。

想来有趣，那天下午，叶老先生没谈我那篇获奖的作文，也没谈写作。他没有向我传授什么文学创作的秘诀、要素或指南之类。相反，他几次问我各科学习成绩怎么样。我说我连续几年获得优良奖章，文科理科学习成绩都还不错。他说道："这样好！爱好文学的人不要只读文科的书，一定要多读各科的书。"他又让我背背中国历史朝代，我没有背全，有的朝代顺序还背颠倒了。他又说："我们中国人一定要搞清楚自己的历史，搞文学的人不搞清楚我们的历史更不行。"我知道这是对我的批评，也是对我的期望。

我们的交谈很融洽，仿佛我不是小孩，而是大人，一个他的老朋友。他亲切之中蕴含的认真，质朴之中包含的期待，把我小小的心融化了，以致不知黄昏什么时候到来，悄悄将落日的余光染红窗棂。我一眼又望见院里那一墙的爬山虎，黄昏中绿得沉郁，如同一片浓浓湖水，映在客厅的玻璃窗上，不停地摇曳着，显得虎虎有生气。那时候，我刚刚读过叶老先生写的一篇散文《爬山虎》，便问："那篇《爬山虎》是不是就写的它们呀？"他笑着点点头："是的，那是前几年写的呢！"说着，他眯起眼睛又望望窗外那爬山虎。我不知那一刻老先生想起的是什么。

我应该庆幸，有生以来第一次见到作家，竟是这样一位大作家，一位人品与作品都堪称楷模的大作家。他对于一个孩子平等真诚又宽厚期待的谈话，让我十五岁那个夏天富有生命和活力，仿佛那个夏天变长了。我好像知道了或者模模糊糊懂得了：作家就是这样做的，作家的作品就是这么写的。同时，在我的眼前，那片爬山虎总是那么绿着。

七星河和挠力河

一

北大荒的土地上,很有几座有名的岛,其中雁窝岛和大兴岛最有代表性。雁窝岛,是1958年十万转业官兵开发北大荒的代表作,可以说是北大荒开发出来的第一批荒原的佼佼者,至今岛上还矗立有国家副主席董必武题词"雁窝岛"的纪念碑,记载着那段不平凡的岁月。大兴岛,是1965年由第一批到北大荒的北京知青和复员军人、山东移民开发北大荒的代表作,1966年3月,由开发作业区改名为农场,当时叫七星农场大兴分场。1967年的冬天和1968年的夏天,连续来了几批北京、天津、上海、哈尔滨的知青，共同开发大兴岛，不断成立新建的生产队，成为知青一代和北大荒密不可分的一座地理坐标。

我是1968年7月去的大兴岛，有幸成为开发大兴岛的第二代人。

我们大兴岛，之所以被称为岛，是由于被两条河所包围。北面的一条河叫七星河，南面的一条河叫挠力河。这两条河都有些属于自己的古老历史，清时记载，七星河当时叫作西勒喜河；挠力河那时叫诺雷河和诺罗河，都是满语，说明清人入关主政后，这两条河在那时的版图和管辖的范畴。这两条河如同两条手臂，环绕着大兴岛，直往东北方向流去，在红旗岭农场交汇。

1965年之前，这里除了有少数当地农民之外，几乎荒无人烟，是一片沉寂的亘古荒原。

1982年，我大学毕业。暑假，我回北大荒一趟。七星农场已经改名为建三江，火车站马上就要建成。离开那里八年了，不能说是沧海桑田吧，变化还是挺大的。过七星河时，我请司机停了一下车，想看看桥和河。芦苇丛依然很茂密，只是，河水似乎瘦了很多，前面就是桥，那是我们用了几个冬天的时间修建起来的桥。桥下的水，并不显得浪花奔涌。桥的两侧栏杆前，各立有一座桥碑。说是桥碑，其实就是一个长方形的水泥柱子，和桥的栏杆连为一体，比栏杆高出一截而已，是当时七星河桥建成的纪念。我走到桥前，桥碑上居然还是当年刻上的"反修桥"三个凸出的大字。十几年过去了，时代发生了翻天覆地的变化，这三个凸出的水泥大字，依然顽强书写着岁月抹不去的痕迹，无语沧桑，独立斜阳。

那时，知青返乡热还没兴起，我是二队乃至全大兴岛第一个回去的知青，乡亲们都还健在，心气很高。我赶回曾经待过的二队的上午，队上特意杀了一头猪，在两家老乡家摆出了阵势，热闹得像准备过年。

几乎全队的人都聚集在那里，等着和我一醉方休。刚进农家小院，大家就围拢上来。挨个乡亲，我仔细看了一周遭，发现只有车老板大老张没有来。我问大老张哪儿去了，所有人都笑了起来，七嘴八舌地叫道："喝晕过去了呗！得等着中午见了！"

大老张是队上有名的酒鬼。一天三顿酒，一清早起来，第一件事是摸酒瓶子，赶车出工的时候，腰间别着酒葫芦，什么时候想喝，就得闷上一口。有时候，去富锦县城拉东西，回来天落黑了，他又喝多了，迷了路，幸亏老马识途，要不非陷进草甸子里，回不了家。

不过，大老张干活不惜力，他长得人高马大，一身力气，麦收豆收，满满一车的麦子和豆子，他都是一个人装车卸车，不需要帮手。需要帮手的时候，他总叫上我。因为他爱叫我给他讲故事，他最爱听《水浒》。我俩常常为争谁坐《水浒》里的第一把交椅而掰扯不清，我说是豹子头林冲，他非要说是阮小二，因为阮小二是打渔的，他家祖上也是打渔的。自从他爷爷闯关东之后，他就会赶马车。

我知道，谁都爱说过五关斩六将，谁爱说自己走麦城呀？大老张醉酒后闹笑话的事情多了去了，他不说，我当然不会去揭他的伤疤。那一次，他的老闺女病得发高烧，他赶着马车，拉着闺女往医院赶，老婆要跟着他一起去医院。他不让，也是，家里还有几个孩子需要人看呢。他老婆不去了，但是一再嘱咐他路上千万不要喝酒！他答应着，马车刚赶出大队不远，他就忍不住了，掏出酒葫芦开始往嘴里灌。一路赶车，一路喝酒，从二队到场部十六里地，这十六里地，他不知道赶过多少回马车，轻车熟路，闭着眼都能把车赶到场部，他心想会有什么问题。谁想到问题出来了，从二队到三队这八里地最难走，下雨后翻浆的土路，坑坑洼洼，颠簸不平，老闺女发着高烧一直昏睡，在马车赶到三队前面一点儿的时候，马车颠簸竟然把闺女给颠了出去，滚到车后身的泥路上。他把车赶到医院前，下车准备抱闺女时,才发现闺女没有了,惊出一身冷汗,酒也醒了。

那一次,幸亏三队前面的路没修成沙石路,还是土路,要不还不把他闺女给摔坏了。也幸亏那天夜里三队的人有事情,赶着马车往场部赶,刚出三队的队口,发现地上的孩子,一看发着高烧昏迷着,赶紧抱起孩子,赶着马车往医院奔,没等大老张的马车赶出场部,就碰上了三队的车把式,大家都认识,一见大老张一脸汗珠子惊魂失散的样子,就知道怎么回事了。

有了这样事情的发生,几乎全队的人都数落大老张,劝他的,骂他的,一句话,都是劝他千万别再喝了。可他哪里听得进去!生就了骨头长就的肉一般,酒是无法从他的生活中像吃鱼剔刺一样剔出的。

知道我和大老张关系不错,大老张老婆老找我,让我劝大老张少喝点儿。其实,我没少劝,但效果不佳,劝他的话像雨水打在水泥地板上,根本渗不进他心里一点一滴。每一次劝,他都会说:"停水停电不停酒!"然后,接着雷打不动地喝。

好几次,为了这个酒,我都差点儿和他绝交,但是,每一次,看到他酒后泪流满面的样子,我心里都非常痛。在二队那么多知青里,他和我的关系最为密切,很多人都因为他的醉酒而远离他,甚至讨厌他,我怎么可以离开他,让他成为孤家寡人呢?再说,他确实是一个重情重义的好人。

1974年的春天,我离开二队回北京那年,他请我到他家吃饭,我说去不了,他说咱们只是吃饭,不喝酒!我说,不是喝酒的事,是我们同学已经定好了一起聚聚。他不说话了。我临走时,他赶了过来,从怀里掏出两瓶北大荒酒送我。我真的是哭笑不得。

重返大兴岛的那天午饭,我也没少喝酒。两户人家,屋里屋外,炕上炕下,摆了好几桌,杀猪菜尽情招呼。乡亲们问我这个人怎么样,那个人又怎么样,一个个的知青,都关心地问了个遍。就着北大荒酒的酒劲儿,乡亲们的热情,一浪高过一浪。

午饭快要结束的时候,院子里传来了粗葫芦大嗓门,叫着我的名字:"肖复兴在哪儿了?"一听,就是大老张,这家伙,真的是等到中午才来?早晨的酒劲儿过去了,又接着中午这一顿续上?

我赶紧起身叫道:"我在这儿!"

他已经走进了屋,大手一扬,冲我叫道:"看我给你弄什么来了。"我定睛一看,他手里拎着两条小鱼。那鱼很小,顶多有两寸来长。

他接着对我说:"一清早我就到七星河给你钓鱼去了,今天真是邪性,钓了一上午,钓到现在,就钓上这么两条小鲫瓜子,如今的七星河不比以前了！"说着，他把鱼递给身边的一个妇女，嘱咐她，"去给肖复兴炖汤喝，我就知道你们吃的什么都有，就是没有鱼！"

有人调侃大老张："我们还以为你喝晕过去了呢！"

大老张一本正经地说："今儿我可是一滴酒还没有喝呢，我说什么也得给咱们肖复兴钓鱼去，弄碗鱼汤喝呀！酒喝多了，鱼怎么钓？"

这话说得我心头一热。自从认识大老张以来，这是他第一次一上午滴酒未沾。

鲫鱼汤炖好了，端上来，只有小小的一碗。炖鱼的那个妇女说："鱼实在是太小了！"

大家都让我喝，说这可是大老张的一片心意！这时候，大老张已经喝多了，顾不上鲫鱼汤，只管呼呼大睡。满是胡子茬的大嘴一张一合吐着气，像鱼嘴张开吐着泡泡；浑身是七星河畔水草的气味。

什么时候，有过一个人，为了让你喝上一碗鱼汤，整整一个上午专门去钓鱼？而且，尽管是忍痛一时，也要戒了他一生的嗜好。我的心里说不出的感动。独木不成林，一个地方，之所以让你怀念，让你千里万里想再回去看看，不仅仅是那个地方让你难忘，更是有人让你难忘。

我永远难忘那碗小小的鲫鱼汤，汤熬成了奶白色，放了一个红辣椒，几根香菜，色彩那样的好看，味道那样的鲜美。算一算，几十年过去了，七星河还在，但是，钓鱼的人不在了。那个一上午忍着酒虫子钻心而专心地坐在那里，为你钓鱼的人不在了。但是，曾经有这样的一个人在，有这样的一碗鲫鱼汤在，七星河对于我便非同寻常，让我永远不能忘怀。

二

挠力河在大兴岛最南端，从二队到挠力河，没有直道，必须要先往东走到农场的场部，然后，往南走二十里左右，才可以抵达。先要到七队，七队是大兴农场最南端的一个生产队。再往南走，有一个鱼梁子，和七星河前杨万子的鱼梁子一样，是人们到挠力河前歇脚的地方，只是这个鱼梁子远不如杨万子大，只是在洼地凸起的一个土包上盖起一间简陋的茅草房。在那里，有人会带你走到河边，因为和杨万子到七星河之间一样，前面全都是沼泽地，只有在沼泽中间有一条人们为了打渔修成的土道，弯弯曲曲的，隐没在水草中，不熟悉地形的人，很容易一脚踩空，陷进沼泽地里出不来。

比起七星河，挠力河更为宽阔，浪大水急，地形复杂，要是出大兴岛，不会过挠力河，而只会过七星河。但是，挠力河里的鱼多，是七星河无法比的。

有一个叫盛贵林的北京知青，从七队调到我们农场的加工队。这是农场的新建队，为生产队服务，主要工作是磨面、榨油、做烧酒，供应全农场的吃喝。加工队的建立，是农场发展的结果，能够调到那里去，大多是懂行的行家里手。

加工队新建的酒坊，烧出来的第一锅酒，当年在大兴岛也算是一件大事。豪爽的北大荒人，怎么可以没有酒喝呢？尤其在冬天的火炕上，白雪红炉、关东烟、烈性酒、老毛嗑儿（葵花籽），成为那时的标配。

酒坊里有一个姓韩的师傅新生的婴儿缺奶，韩师傅两口子只好喂一些玉米糊糊或者面汤，孩子哪里吃得饱，整天嗷嗷地哭啼，让盛贵林动了恻隐之心。听说喝鱼汤可以催奶，便想到原来所在的七队，在七队时，到挠力河捉鱼是手到擒来的事，即使没有北大荒谚语"棒打狍子瓢舀鱼"那样邪乎，但也不是什么难事。他想到挠力河给师傅弄几条鱼来，给师傅的老婆熬汤喝。

如果是平常的日子，到挠力河弄鱼，别说是几条，就是几十条也没有问题。从春天挠力河开化，到冬天结冰之前，挠力河就是七队自己的鱼塘。在整个大兴岛，吃鱼最方便最多的当属七队。七队得天独厚，是沾了挠力河的光。

盛贵林想给师傅弄鱼吃，是什么时候呀，正是数九寒天，挠力河的冰都结了一两尺厚的一层。鱼梁子的人早都撤了下来，猫在自己家里火炕上呢。这时候打渔，不是异想天开吗？

但是，盛贵林心疼师傅，心疼师傅刚呱呱坠地的孩子。他请下假，从加工队往七队赶。天寒地冻，正临近春节，路上人很少，赶到七队已是黄昏，在路口碰见赶牛车的当地老农杨德云。听说盛贵林大老远从加工队回来是为了弄几条鱼，给师傅的老婆下奶喂嗷嗷待哺的孩子，一把拉住了他，把他拉到自己的家里。

这时候，到挠力河里弄鱼，除非凿冰去取，这数九寒冬的，还不把他一个北京小知青冻个半死？从七队到挠力河，穿过队最南头的菜园，抄近路，有五六里地远。这五六里地，是一片荒野，在夏天，是沼泽地，除了野鸭野雁水獭，没有别的凶猛的动物，但到了冬天，荒草萋萋，是野狼常出没的地方。先别说去挠力河了，就是在这半路上，遇到狼也够他一个人招呼的。杨德云怎么能够让他一个北京的小知青冒这个险呢？

杨德云把盛贵林拉到自己的家里，让老婆先做了个烙饼摊鸡蛋（那年月里鸡蛋是稀罕物），再让老婆把炕烧热，把炕头让给盛贵林，把家里唯一一床新被褥给盛贵林，然后，对盛贵林说："你一路也累了，先睡下吧！"

盛贵林还惦记着给师傅去弄鱼，师娘等鱼汤催奶呢，着急的事呀。杨德云拍拍他的肩头，说："你安安稳稳地把心放进肚子里，鱼的事情，包在我身上，明天你回加工队，我一准儿让你把鱼带走。"

他说得那么坚决，盛贵林放心了，加上肚子里有了食，一路跑得也累，躺下没一会儿就呼呼入睡了。

半夜让尿憋醒，盛贵林拧亮油灯，看见炕上没有杨德云，只有他老婆躺在光板的炕上，睁着大眼，还没有睡，见盛桂林醒了在发愣，对他说："老杨他有点儿事出去了，一会儿就回来！"

盛贵林哪里想到，杨德云是到挠力河，给他凿冰捉鱼去了。对于七队的老人来说，靠山吃山，靠水吃水，靠近挠力河吃鱼，冬天凿冰捉鱼，并不是什么难事，即使是数九寒冬，也不在话下。但那都是在白天干的活，谁会在大半夜里去呀？而且，河水的冰层已经冻得一两尺厚，白天一般都是用炸药把冰层炸开，捉鱼相对容易些。这大半夜的，老杨只能用冰穿子一点点把冰层凿穿，零下四十多度的天气呀，穿多厚的衣服，也会被风打透。把冰凿穿，把鱼捉上来，人还不得冻成冰棍呀！老杨呀老杨，只是为了我说的两条鱼呀！

但是，盛贵林没有想到，老杨心里想的是，一个北京的小知青，为了自己师傅的孩子，那么远地跑回了七队，一心一意想弄两条鱼，这一份情意是多么难得，多么让他感动，再冷再难，这一夜里也要把鱼弄到手。

盛贵林更没有想到的是，老杨好不容易从冰封的挠力河里把鱼弄到手，回来的路上，就怕遇到狼，却冤家路窄，真的遇到了狼。

那真是惊险的一幕。不是一只狼，而是一群狼。黑夜里，绿色小眼睛里的贼光，闪烁在老杨的身前身后，他被狼群包围了。冬天里饥肠辘辘的狼是要吃人的，老杨不由得吓出一身冷汗。

这荒野里，谁也救不了自己，他和狼群对峙着，他知道，这样的对峙是短暂的，他必须先要出手和狼群过招。他想起袋里刚刚从挠力河捉到的鱼，这是他唯一的子弹，他先掏出一条鱼，像投手榴弹一样，向狼群扔了出去，狼不知道遇到了什么样的武器，吓得后退，一看落在雪地上的鱼没动，一只狼跑了过来，闻了闻，没吃，又退了回去。

他又扔出第二条鱼，狼还是没吃，也没动。他把袋子里的鱼都扔光了，狼开始向他进攻。一头小狼冲在最前面，一口咬住他的脚，拖着他就跑，其他的狼跟在后面追，一直把他拖到一片灌木丛里，就听见身后一阵撕心裂肺的惨叫，在寂静的荒野里是那样的瘆人。他和拖他跑的小狼，以及那一群狼都禁不住回头张望，原来是一狼被夹子夹住了。这种钢丝盘做成的夹子，是七队人专门用来套狍子的，没想到这关键时刻套住了狼，帮助了他。真是天无绝人之路呀！

这种夹子的劲头儿特别大，狍子比狼个头儿还要大，夹上了就没得跑。小狼和其他狼都往回跑，跑到夹子前。老杨也跑到夹子前，看见那狼的腿已经被夹断，他掏出别在腰间杀鱼用的鱼刀子，怒吼一声，一刀刺死了那只狼。那一声在荒野的夜空激荡回响，血花飞溅在四周的雪地上，那一刻，老杨被自己的喊声和动作所惊骇，站立在那里，如同一个顶天立地的巨人。其他狼立刻吓得如鸟兽散。

非常吊诡的是，居然有几只狼又跑了回来，把嘴里叼的鱼扔在老杨的身前，就像落败之师投降时的缴械。

七队一个叫杨德云的当地老农，为了几条鱼九死一生的经历，为挠力河平添了一抹传奇的色彩。

记得德国作家埃米尔·路德维希曾经写过《尼罗河传》一书，这本书的副标题是"一条河的传奇"。虽然，尼罗河是一条大河，一条有名的河；环绕大兴岛的七星河和挠力河，不是大河，也不是有名的河，但是，它们一样拥有不凡的传奇。我应该也要为这两条河作传。

消失的年声

如今，年的声音，最大保留下来的是鞭炮。随着大都市雾霾的日益加重，人们呼吁过年减少鞭炮甚至取消，鞭炮之声，越发岌岌可危，以致最后消失，也不是不可能的事情。

其实，年的声音丰富得多，不止于鞭炮。只是岁月的流逝，时代的变迁，让年的声音无可奈何地消失了很多，以至于我们如老朋友一样遗忘了它们而不知不觉，甚至觉得理所当然或势在必行。

有这样两种年声的消失，最让我遗憾。

一是大年夜，在吃完年夜饭之后，在燃

放鞭炮之前，老北京曾经有这样一项节目，即要把早早在节前买好的干秫秸秆或芝麻秆，放到院子里，呼叫着街坊四邻的孩子们，从各家跑出来，跑到干秫秸秆或芝麻秆上面，去尽情地踩。踩得秆子越碎越好，越碎越吉利；踩得声音越响越好，越响越吉利。这项节目，名曰"踩岁"，是要把过去一年的不如意和晦气都踩掉，不要把它们带进就要到来的新的一年里。这是孩子们最爱玩的，民俗中带有游戏的色彩。这样满院子吱吱作响欢快的"踩岁"的声音，是马上就要响起来的鞭炮声音的前奏。

这真的是我们祖辈一种既简便又聪明的发明，不用几个钱，不用高科技，和大地亲近，又带有浓郁的民俗风味。可惜，这样别致的"踩岁"的声音，如今已经成为绝响。随着四合院和城周边农田逐渐被高楼大厦所替代，秫秸秆或芝麻秆已经难找，即便找到了，没有了四合院，在高楼簇拥的小区里，缺少了一群小伙伴们的呼应，别看"踩岁"简单，却成为一种奢侈。

另一种声音，消失得也怪可惜的。大年初一，讲究接神拜年，以前，这一天，卖大小金鱼儿的，会挑担推车沿街串巷到处吆喝。在刚刚开春有些乍暖还寒的天气里，这种吆喝的声音显得清冽而清爽，充满唱歌一般的韵律，在老北京的胡同里，是和各家开门掼户拜年的声音此起彼伏的。一般听到这样的声音，大人小孩都会走出院子，有钱的人家，买一些珍贵的龙睛鱼，放进院子的大鱼缸里，讲究的是"天棚鱼缸石榴树"；没钱的人家，也会买一两条小金鱼儿抱回家，养在粗瓷大碗里。统统称之为"吉庆有余"，图的是和"踩岁"一样的吉利。

在老舍的话剧《龙须沟》里，即使在龙须沟那样贫穷的地方，也还是有这样卖小金鱼儿的声音回荡。那是北京解放初期，虽然经济不富裕，但民俗的东西流失得还不多。如今，在农贸市场里，小金鱼儿还有的卖，但沿街吆喝卖小金鱼儿那唱歌一般一吟三叹的声音，只能在舞台上听到了。不过，那只是拟声和仿声。试想一下，即使那叫卖小金鱼儿的声音还能存活到今日，那些胡同今天在哪儿呢？即便那些胡同也还在，四周数量暴涨的小汽车的轰鸣声，也早就把那单薄的叫卖声淹没了。

年的声音，一花独放，只剩下鞭炮，多少变得有些单调。

过年，怎么可以没有年的味道和声音？仔细琢磨一下，如果说年的味道，无论是团圆饺子，还是年夜饭所散发的味道，更多来自过年的吃上面；年的声音，则更多体现在过年的玩的方面。再仔细琢磨一下，会体味得到，其实，通过过年这样一个形式，前者体现在农业时代人们对于物质的追求，后者体现在人们对于精神的向往。年味儿，如果是现实主义的；年声，就是浪漫主义的。两者的结合，才是年真正的含义。不是吗？

胡同的声音

一

胡同的声音，就是胡同里的叫卖声，北京人管它叫吆喝声。稍微上了点儿年纪的北京人，谁没有在胡同里听见过吆喝声呢？有了穿街走巷的小贩那些花样迭出的吆喝声，才让一直安静甚至有点儿死气沉沉的胡同，一下子有了生气，就像安徒生童话里说的，一只手轻轻地一摸，一朵冻僵的玫瑰花就活了过来，伸展开了它的花瓣。没有了吆喝声，胡同真的就像没有了魂儿。全是宽敞的大马路，路这边房子里的人，要到路那边房子里去，得过长长的过街天桥，当然，也就听不见了吆喝声，只剩下汽车往来奔跑的喧嚣声。

关于老北京胡同的吆喝声，张恨水曾经充满感情地这样写过："我也走过不少的南北码头，所听到的小贩吆喝声，没有任何一地能赛过北平的。北平小贩的吆喝声，复杂而谐和，无论是昼是夜，是寒是暑，都能给予听者一种深刻的印象，虽然这里面有部分是极简单的，如'羊头肉''卤肥鸡'之类，可是他们能在声调上，助字句之不足。至于字句多的那一份优美，就举不胜举，有的简直就是一首歌谣。"

张恨水不是北京人，但他说得真好。没错，有的吆喝声，真的就是一首好听又上口的歌谣。

比如，过年的时候，卖年画春联的小贩的吆喝："街门对，屋门对，买横批，饶喜字。揭门神，请灶王，挂钱儿，闹几张。买的买，捎的捎，都是好纸好颜料。东一张，西一张，贴在屋里亮堂堂；臭虫他一见心欢喜，今年盖下过年的房……"合辙押韵，朗朗上口。这里吆喝的"闹"就是买的意思，他不说买，而是说"闹"；这里说的"过年"，不是说眼面前过春节的过年，说的是来年，是下一年。他不这么说，而是说"过年"；都是只有老北京人听着才能够体会得到的亲切劲儿。

再比如，那年月火柴还没有行市，有卖火镰的小贩沿街这样地吆喝他卖的火镰好使："火绒子火石片火镰，一打就抽烟，

223

两打不要钱——"真的像是歌谣一样，生动、形象，又悦耳上口，一听就记住了。

再比如，老北京有一种卖叫"咂麦"的儿童小食品的小贩，吆喝起来别有一番味道："姑娘吃了我的糖咂麦，又会扎花又会纺线；小秃儿吃了我的糖咂麦，明天长短发后天扎小辫……"夸张，却让人感到亲切，不管是大人还是孩子听了，都能够会心一笑。

再比如，冬天卖白薯的小贩也能吆喝出花儿来："栗子味儿的白糖来——是栗子味儿的白薯来，烫手来，蒸化了，锅底儿，赛过糖来，喝了蜜了，蒸透了，白薯来，真热乎呀，白薯来……"一个炜白薯，让他一唱三叠，愣是吆喝成了珍馐美味。

再比如，秋天卖秋果的小贩吆喝："秋来的，海棠来，没有虫儿的来；黑的来，糖枣来，没有核儿的来……"用最简单却又最形象的语音，把要卖的海棠和黑枣的优点突显了出来。

再比如，夏天卖酸梅汤的小贩吆喝："又解渴，又带凉，又加玫瑰，又加糖，不信您就闹一碗尝一尝！"小贩手里打着小铜板做的冰盏，就跟说快板书一样，颇有些自得其乐的意思。

还有卖油条的小贩的吆喝，更是绝了："炸了一个脆咧，烹得一个焦咧，像个小粮船儿的咧，好大的个儿咧，锅里炸的果咧，油又香咧，面又白咧，扔在锅里就飘起来咧，白又胖咧胖又白咧，赛过了烧鹅的咧——一个大个儿的油炸果咧！"极尽夸张，用了各种比喻，在语文课上，可以作为教孩子修辞方法的教材了。

这些吆喝声，真的太遗憾了，由于年龄的限制，我没听到过。这几个例子，都是从光绪年间蔡省吾的《一岁货声》中看到的。

在这本老书中，还有这样一种吆喝，让我格外感兴趣，是卖盆的。"卖小罐呕，喂猫的浅呕，舀水的罐呕，澄浆的盆啊啊哦……"引我兴趣的，在于这样的吆喝声后，还要有一段注解，卖盆的小贩"一边学老鸹打架，先叫早，后争窝，末请群鸦对谈嬉笑、怒骂中，有解和意。无不笑者"。这样吆喝声就更为丰富了，夹带着民间艺术，简直就是口技，没有一点儿能耐的，还真的卖不了这些看似简单的盆。所以，有俗话说是，卖盆的，满嘴是词儿（瓷儿）！

这些歌谣一样美丽动听的吆喝声，随着胡同的逐步消失，也快消逝殆尽了。

我听到的吆喝声，从小时候，一直延续到上个世纪七十年代末。那时候，听到最多的是剃头师傅伴随着唤头的声响的吆喝声，是手里摇着长长一串的铁片，或者是吹着一把小铜号，叫喊着"磨剪子来——戗菜刀"的吆喝声。所谓戗菜刀，是给刀开刃。每每听到这样的叫喊，我们一帮孩子就会站在院子，模仿着磨剪子的师傅的样子，一手捂着耳朵，齐声吆喝起来："磨剪子来——戗菜刀"，故意和磨剪子的师傅比赛谁的嗓门儿高。

那时候，卖冰棍儿的推着小推车，有的老太太卖冰棍，索性把她家的婴儿推车推了出来，是那种藤条编的小推车。没有冰柜，都是装在大号敞口的暖水瓶里，再在外面裹上层棉被，"冰棍儿——败火，红果冰棍儿，三分一根儿！"短促、沙哑、有力，成了我最熟悉也最亲切的吆喝声。我们胡同里卖冰棍的基本都是老太太，即使她们掉了牙豁了缝儿的嘴巴吆喝出来的声音，再含混不清，我们也能一耳朵就听得出来是卖冰棍的来了，伸手冲着家长要完钱，一阵风似的跑出院子。

七十年代后期，还有木匠扛着工具在胡同里吆喝："打桌椅板凳，打大衣柜来……"在《一岁货声》中，也有这样的吆喝声，他是放在"工艺"一栏里，把他们放在工艺人行列里，和一般的小商小贩有区别。《一岁货声》这样写他们的吆喝声，和我听到的不尽一样："收拾桌椅板凳！"这里所说的"收拾"，更多指的是"修理"的意思。在后面特别注明："在行者，背荆筐，带小家具者，会雕刻其器，统括二十八宿。其外行者，背板匣。"这里说的"带小家具"，我以为应该是"带小工具"之误。这里说的"在行者"与"外行者",很像齐白石说他年轻当木匠时有小器作和大器作之分。一个"背荆筐",一个"背板匣",将这种区分分得很是形象。

那时候,我插队回北京不久,从北大荒带回来不少黄檗罗木,是当地老乡送我的,对我说:"回去结婚时好打大衣柜用。"他们替我想得很周到,那时候,买什么都需要票证,大衣柜更是紧俏的商品。听见木匠的吆喝声,我跑了出去,是个外地来京的木匠,背着个简单的背包,里面装着锯斧凿刨简单的工具。我把他请进院子,让他给我打了一个大衣柜,一个写字台,一连干了几天的活。

记得很清楚,那木匠一边打这个大衣柜,一边对我说:"你这木料可够好的了,这可都是部队用来做枪托的料呢,打大衣柜可有点儿糟践材料了!"我告诉他,着急准备结婚用,要不也舍不得用。那时候,流行一个顺口溜:"抽烟不顶事儿,冒沫儿(指喝啤酒)顶一阵儿,要想办点儿事,还得大衣柜儿。"这个大衣柜打好了,一直到结完婚了,都有了孩子了,柜门还没安上玻璃。买玻璃得要票,我弄不到票。

二

我对胡同里的吆喝声,没有研究,但对这样的一些吆喝声特别感兴趣——

卖花生——芝麻酱味儿的。

卖烤白薯——栗子味儿的。

卖萝卜——赛梨味儿。

卖甜瓜——冰淇淋味儿。

卖西瓜——块儿大,瓤儿红,月饼馅的来!

要不就是——管打破的西瓜,冰核儿的来哎!

要不就是——斗大的西瓜,船大的块儿,青皮红瓤,杀口的蜜呀!

还有这样吆喝的——块儿大呀,瓤就多,错认的蜜蜂儿去搭窝,赛过通州的小凉船的来哎!

这样的吆喝声,真的体现了吆喝的艺术,他们绝不做梗着脖子青筋直蹦的直白的喊叫,而总能恰如其分地找到和他们所要卖的东西相对衬、相和谐的另一种比喻,透着几分幽默,又透着一丝狡黠,让自己所卖的东西一下子活灵活现,吸引众人。

尤其是卖西瓜的。那时候,哪个街头巷尾,不站着个卖西瓜的小摊,要想吸引人们到自家的摊子前买瓜,吆喝声就得与众不同,你说是月饼馅的一个甜,我就说是带冰核儿的一个凉;你说是蜜一般的甜,我就说是蜜蜂跑到我的西瓜错搭了窝——更甜;我还得再特别加上一句,我的西瓜块儿大得赛过了小凉船,而且,是从通州来的小凉船。这是大运河从通州过来,一直能流到大通桥下(如今的东便门角楼下)的情景,是带有指定性的具体场景,是那时候的人们都看见的熟悉的情景,才会让人感到亲切,如在目前。

那时候,站在胡同里,不买西瓜,光看他们耍着芭蕉扇,亮开了大嗓门儿的吆喝,也非常有趣,是那时候我听到的胡同里的演唱会,个个嘴皮子赛得过如今的郭德纲。

我对这样的吆喝声,除了《一岁货声》,在其他书中,只要是看见了,赶忙记下来,曾经做过大量的笔记。我觉得这应该属于民间艺术的一种,是吆喝声中的高级形式,是研究老北京文化不可或缺的一种带有声音的注脚。

比如卖菜的小贩,卖韭菜的喊"野鸡脖儿的盖韭来——"卖菠菜的喊"火芽儿的菠菜来——"卖大白萝卜的喊"象牙白的萝卜来,辣来换来——"小贩们不会只是单摆浮搁地喊出所要卖的菜名,总要给所要卖的蔬菜前面加一个修饰语,就像往头上加一顶漂亮的帽子。如果只是吆喝所要卖的菜名,也得像是侯宝林相声里说的"茄子扁豆架冬瓜,胡萝卜卞萝卜白萝卜水萝卜带嫩秧的小萝卜……"一串连在一起的贯口,一口气地吆喝出来,水银泻地。

比如卖桃的小贩,同样不会只是吆喝"卖桃来,谁买桃来——"，而是要吆喝"玛瑙红的蜜桃耶来——""大叶白的蜜桃呀——""鹦鹉嘴的鲜桃哎——""王母娘娘的大蟠桃来——""一汪水儿的大蜜桃，酸来肉来还又换来……"

即便只是一个简单的五月鲜的嫩玉米，小贩也得这样吆喝才行："活了秧儿的嫩来，十里香粥的热的咧——"

即便只是一个小小的甜瓜，小贩也得这样吆喝才行："甘蔗味儿的，旱秧的，白沙蜜的，好吃来——"

即便只是很普通的马牙枣呢，小贩也得特别地吆喝说："树熟的大红枣来——"强调他的枣绝对不是捂红的。

哪怕只是一碗豆腐脑呢，小贩也要加上一句："宽卤的豆腐脑，热的呀——"一个"宽"字，一个"热"字，把他家豆腐脑好的地方，言简意赅，说得突出又恰当，吆喝得抑扬顿挫，那么的诱人。

哪怕是冬天里到处都在卖的糖葫芦呢，小贩们都会这样叫喊："冰糖葫芦，刚蘸得的——"让你听得出"冰糖"和"刚蘸得"，是他要突出的效果。

哪怕只是清一色的关东糖呢，小贩也得把自家的糖夸上一番："赛白玉的关东糖呦——"这夸得有点儿过分，关东糖是带有浅浅的奶黄色，哪里会是赛过白玉一样的白呢？但是，他的夸张，会让你会心一笑，即使不走过去买，也会佩服他真的是能够想得出来这样的比喻，把一根稻草说成金条一样，把一块关东糖说成了汉白玉，夸得那样的溜光水滑。

再看卖的哪怕是再简单的樱桃呢，再笨拙的小贩，也会加上一个修饰词："带把儿的樱桃来——"想到齐白石画的那些鲜艳欲滴的樱桃，哪一个不是带把儿的呢？你就得佩服这些小贩们的审美心理，是和齐白石一样的。一个"带把儿"的樱桃，就像是带露折花一样，那么的可爱了起来。

我真的对这样的吆喝声充满兴趣，对这些小贩很是佩服。他们不仅将货声吆喝得那样悠扬悦耳，还让这样吆喝的词语那样有琢磨的嚼劲儿。要让胡同里有了魂儿，所要求的元素有多种，不可否认的是，吆喝声是其中重要的一种。可以设想，在以往的岁月里，如果缺少了这样丰富多彩的吆喝声，胡同里只是风声雨声，倒泔水的哗哗声，老娘们儿吵架的詈骂声，该会是一种什么样的成色？该会少了多少的精神气儿？如今的老人们又会少了多少怀旧色彩的回忆？

三

有了这样的吆喝声，胡同一下子色彩明亮了起来，生动了起来，让我想起我的童年和少年。记得那时候有打糖锣的小贩，打着小铜锣，老远就能够听见，一声声，清脆悦耳，让人心动，紧接着听见的便是他的叫唤声，更像是伸出了小手，招呼着我们一帮小孩子跑出院子，簇拥到他的担子前，听他接着唱歌一样的吆喝。我记不住他都吆喝什么了，后来看到民国时有北平俗曲《打糖锣》，里面这样唱道："打糖锣的满街的叫唤，卖的东西听我念念：买我的酸枣儿咧，炒豆儿咧，玉米花儿咧，小麻子儿咧，冰糖子儿咧，糖瓜儿咧……纸扇子儿，沙燕儿，风琴的纸风筝的儿，压腰的葫芦儿花棒儿……"

我见到的打糖锣的，嘴里唱的没有那么复杂，卖的东西也没有那么多样，不过是一些我们小孩子爱玩的洋画呀玻璃弹球呀之类简单的东西，曲子里唱的那些吃的有的倒是有，至今留给我印象最深的是酸枣面，一种像黄土的东西，用手一捏就能捏成粉末，吃进嘴里，酸酸的感觉，我特别喜欢吃；有人用来冲水，是我们那时的饮料。

后来，看到清末民间艺人绘制的《北京民间风俗百图》，其中有一幅就是"打糖锣"。图中有几行小字说明："其人小本营生，所卖者糖、枣、豆食、零星碎小玩物，以为哄幼孩之悦者也。"和我小时候见到的打糖锣的所卖的东西相差无几，看来这样的传统由来已久。画面画着的打糖锣的人，身前摆着一个很大的筐，元宝形，里面是一个个的小方格子，每个格子里放着不同的零星碎小玩物。我没有见过这样元宝形的筐子，觉得挺新奇。再后来，读《清稗类钞》，说清末民初时兴这种元宝形的筐子，连卖煤球的都用这种元宝形的筐子装煤球。

我见到的打糖锣的小贩，是挑着一个担子，一头一个小木箱，一个木箱里装的是这些吃的玩的，一个木箱上放着一个薄木头板做的圆圆的转盘，你花几分钱，可以转一次，转盘停下来，转盘的指针指向一个格子，这个格子里有什么东西，你就可以拿走，但是，如果格子是空的，你就等于白转了。这个游戏，让我们小孩子每一次转时都瞪大了眼睛，不错眼珠儿地看着，充满期待，却总是转到空格子的时候多，不知道小家雀儿怎么会斗得过老家贼呢？

长大以后，读泰戈尔的小说《喀布尔人》，看里面的那个来自喀布尔的小贩，每天摇晃着拨浪鼓，同样吆喝着走街串巷，是那样的辛苦，甚至为了生活而不得不背井离乡的那种心酸，和对自己小女儿思念的那种心碎，心里很是感动。想起自己小时候见过的那些打糖锣的小贩，其实和这位喀布尔人一样，都是生活在最底层的贫苦人，自有人生的苦涩与艰辛。想起曾经认为是小家雀儿怎么会斗得过老家贼，便心怀歉意。吆喝声中，含有人世间的心酸，不是小孩子能够懂得的。那些吆喝声中凄凉的声调和无尽的韵味，更是小孩子难以体会得到的。

还有卖花的吆喝声，格外悠扬好听，不过，我们不会特意跑出院子去凑热闹，一般都是大院里大姑娘小媳妇，爱去买点儿纸花或绒花，插在发髻上；要不就是一些爱侍弄花草的老人，买盆鲜花，放在自家的门前或窗台上养。后来读清诗，有这样一首绝句："颇忆千年上巳时，小椿树巷经旬时。殿春花好压担卖，花光浮动银留犁。"诗里写的是小椿树胡同挑担卖花的情景。民国时，有人作诗"一担生意万家春"，说的也是挑担卖花，可见这一传统一直延续下来。

读柴桑《京师偶记》，里面有这样一条记载："千叶榴花，其大如茶杯，园户人家摘入掷筐中，与玉簪并卖。但听于街头卖花声便耳心醉。"如此大朵的石榴花，我是没有见过的，也没有见过有这样的花卖的，即便有，我们院子的大姑娘小媳妇也不会买的，因为院子里石榴树，五月花开的时候，随便摘几朵插在头发上就行，何必再花那冤枉钱呢。不过，他说的听见街头卖花声就耳朵和心一并醉了的情景，还是让人那么的向往。卖花声，大概是所有吆喝声尤其是那些带有凄凉或哀婉调子的吆喝声中的 抹难得的亮色。《燕京岁时记》里说："四月花时，沿街叫卖，其韵悠扬，晨起听之，最为有味。"说的真是，确实有味。

四

吆喝声，尽管里面有不少美好的韵味在，但在时过境迁之后怀旧情绪的泛滥中,很容易被美化。毕竟吆喝声不是音乐,不是诗,是底层人为生活而奔波发出的声音,内含人生况味,和诗人笔下"小楼一夜听春雨,深巷明朝卖杏花",和《天咫偶闻》里记载皇上八月隔墙听到吆喝声而写下的诗句"黄叶满街秋巷静,隔墙声唤卖酸梨",并不一样。

读到的很多关于吆喝声的诗句,其中有这样两首,让我心里为之一动。

一首是夏仁虎《旧京秋词》中一句"可怜三十六饽饽,露重风凄唤奈何",让我感动。下面还有一句注解:"夜闻卖硬面饽饽声最凄婉。"起码这里面触摸到了吆喝声中人生的无奈与心酸的痛点。

一首是一位不如夏仁虎出名,叫金煌的人写的《京师新乐府》中的一首《卖饽饽》:"卖饽饽,携柳筐,老翁履弊衣无裳,风霜雪虐冻难耐,穷巷跼立如蚕僵。卖饽饽,深夜唤,二更人家灯火灿,三更四更睡味浓,梦中黄粱熟又半……"写那寒夜里吆喝着卖饽饽的老人凄凉的情景,让我感动。

想想那时候的胡同,无论什么时候,哪怕是数九寒冬,哪怕是深更半夜,也是少不了一两声吆喝声的,就像京戏里突然响起的一两声"冷锣",即使你是住在深宅大院里,也能够隐隐约约地传到你的耳朵里,轻轻地,却也沉沉的一震在你的心里头。在那些物质贫乏天气又寒冷的夜晚，那吆喝声，诗意是让位于夏仁虎所说的"凄婉"和金煌所言的"难耐"。人生中沉重的那一部分，世事苍凉的那一部分，往往弥散在夜半风寒霜重甚至雨雪飘时这样的吆喝声中。

记得看张爱玲曾经写过每天天黑时分一位卖豆腐干老人的吆喝声，她是这样说的："他们在沉默中听着那苍老的呼声渐渐远去。这一天的光阴也跟着那呼声一同消失了。这卖豆腐干的简直就是时间老人。"张爱玲说的是上海弄堂里的吆喝声，北京胡同里的吆喝声也是一样的，半夜里那一声声的吆喝声渐渐消失的时候，一天的光阴也就过去了。那些不管是凄清的还是昂扬的，是低沉的还是婉转的吆喝声，都是胡同里的时间老人。它们的苍老乃至消失，是时间老人对胡同历史沧桑的见证。

还看到过一篇民国时期的文章，作者是一位在战争年代里被迫离开北京流落异乡的北京人，深夜里听见了同样如同时间老人一样的吆喝声，只是和张爱玲说的不同，不是卖豆腐干的吆喝声，而是卖花生的吆喝声："至于北风怒吼，冻雪打窗的冬夜，你安静地倒在厚轻的被窝里，享受温柔的幸福，似醒似睡中，听到北风里夹来一声颤颤抖抖的声音：'抓半空儿多给，落花生……'那时你的心头要有一个怎样的感觉呢？"

面对夜里的吆喝声，他的感受，和张爱玲是那样的不同。

张的感受更多的是客观的、冷静的，而他则是感性的，充满着感情。特别是在远离北京听不到熟悉的吆喝声的时候，这种吆喝声，更加让人怀念，更加撩人乡愁。

无论是夏仁虎笔下的卖硬面饽饽的吆喝声，还是张爱玲笔下的卖豆腐干的吆喝声，或是最后那位无名者笔下的卖半空儿的落花生的吆喝声，作为从农耕时代步入城市化初始阶段诞生的吆喝之声，听者和吆喝者的意味是不尽相同的。特别是在寒冷的深夜，在荒寂的胡同，在漂泊的乱世，那些吆喝之声，更多凄清，甚至凄凉，含有对人生无尽的感喟，也含有对世事无奈的慨叹。那是逝去的那个时代里飘荡在北京胡同上空的画外音，或者一丝无家可归的游魂。

如今，这样的吆喝声几近于无，让人们在对它连同对胡同不断消失的怀念情感之中，夹带着更多的乡愁。那种画外音，只可以模拟，却不可以再生；只徒有其声，却难得其魂。

关于北京胡同的吆喝声，把它们作为一门独有的学问，真正做过认真系统一些研究的，我所知道的，只有两个人。一位是近代的蔡省吾，他的《一岁货声》，是对此梳理研究的开山之作。周作人曾称赞道："夜读抄《一岁货声》，深深感到北京生活的风趣。""自有其一种丰富的温润的空气。"

一位是现代的翁偶虹。翁先生在蔡省吾的基础上，进行深人的研究和收集，所录胡同里的吆喝声多达三百六十八种，比蔡所录有的一百余种吆喝声，多出了两百种。这是非常不容易的，是对北京的胡同和与之连根生长在一起的吆喝声饱含感情，并舍得花费气力，才可以做得到的。因为这样的学问，不是高居在上，仅仅从典籍之中得来，而是要远至江湖，深入民间。一般学问家，或不屑于做，或根本做不来。

关于北京胡同的吆喝声，把它们上升为艺术的，我所知道的，也只有两个人。一位是侯宝林，一位是焦菊隐。侯宝林将以前从不登大雅之堂的胡同吆喝声，第一次编成了相声段子，为世人所知，并让人们为吆喝声之美惊叹。焦菊隐在排演话剧《龙须沟》时，带领演员到胡同里收集那时已经日渐稀少的吆喝声，并将这些吆喝声动人心弦地运用在《龙须沟》和日后的《茶馆》里，让这些含有人生心酸之味的吆喝声，不仅成为剧情幕后人物心情的衬托，同时也成了这两部京味话剧中不可缺少的京味艺术的一种演绎，成了话剧重要的画外音，成了艺术的一种可以缅怀前世、抚慰人生的动人的音乐。

蔡省吾在《一岁货声》的自序中说："虫鸣于秋，鸟鸣于春，发其天籁。"他是将这些街头里巷的吆喝声视作天籁之声的。可以说，侯宝林和焦菊隐两位先生，深谙蔡先生其中三味，将这种天籁之声，不止于纸面，而搬到舞台，使之成为艺术的一种。可以说，这是北京独有的艺术的一种。

在这篇序中，蔡省吾还说："一岁之货声中，可以辨乡味，知勤苦，纪风土，存时令，自食于其力而益人于常行日用间者，固非浅鲜也。"

这一番话，对于一百多年后的我们，依然有着现实的意义。他道出了胡同里的吆喝声的文化内涵与情感价值，起码包括有怀旧的乡愁，前辈的辛劳，风土人情和气节时令民俗的钩沉这样四部分。尽管随着时代的大踏步前进，胡同的大量消失，这种农耕时代诞生的吆喝之声，已经基本消失殆尽。但是，如果我们认同蔡省吾一百多年以前对吆喝之声的论述，那么，起码他所说的这四点，依然可以让我们存有对吆喝之声的一份认知和情感，以及对它们深入一些的研究。其意义与价值，"固非浅鲜也"，便会让我们像珍惜历史文化遗产一样，珍视并珍存它们。它们曾经是胡同的声音，也是历史的一种特别的回音。

鱼鳞瓦

老北京的房顶铺的都是鱼鳞瓦,灰色,和故宫里的碧瓦琉璃,形成色彩鲜明的对比。虽不如碧瓦琉璃那般炫目,那般高高在上,但满城沉沉的灰色,低矮着,沉默着,无语沧桑,力量沉稳,秤砣一般压住了北京城,气魄如云雾天里翻涌的海浪一样。难怪贝聿铭先生那时来北京,特别愿意到景山顶上看北京城这些灰色的鱼鳞瓦顶。

在我的童年,即二十世纪五十年代,北京的天际线很低,基本上被这些起伏的鱼鳞瓦顶所勾勒。因为那时候成片成片的四合院还在,而且占据了城市的空间。想贝聿铭先生看见这样的情景，一定会觉得这才是老北京，是世界上任何一座城市都没有的色彩和力量吧？

想想，真的很有意思，那时候，四合院平房没有如今楼房的阳台或露台，鱼鳞状的灰瓦顶，就是各家的阳台和露台，晒的萝卜干、茄子干或白薯干，都会扔在那上面；五月端午节，艾蒿和蒲剑要插在门上，也要扔到房顶，图个吉利；谁家刚生小孩子，老人讲究要用葱打小孩子的屁股，取葱的谐音，说是打打聪明，打完之后，还要把葱扔到房顶，这到底是什么讲究，我就弄不明白了。

对于我们许多孩子而言，鱼鳞瓦的房顶，就是我们的乐园。老北京有句俗话，叫作三天不打，上房揭瓦。说的就是那时我们这样的小孩子，淘得要命，动不动就爬到房顶上揭瓦玩，这是那时司空见惯的儿童游戏。我相信，老北京的小孩子，没有一个没干过上房揭瓦这样的调皮事。

那时，我刚上小学，开始跟着大哥哥大姐姐们一起上房揭瓦。我们住的四合院的东跨院，有一个公共厕所，厕所的后山墙不高，我们就从那里爬上房顶，弓着腰，猫似的在房顶上四处乱窜，故意踩得瓦噼啪直响，常常会有邻居大妈大婶从屋里跑出来，指着房顶大骂："哪个小兔崽子，把房踩漏了，留神我拿鞋底子抽你！"她们骂我们的时候，我们早就踩着鱼鳞瓦跑远，跳到另一座房顶上了。

鱼鳞瓦，真的很结实，任我们成天踩在上面那么疯跑，就是一点儿也不坏。单个儿看，每片瓦都不厚，一踩会裂，甚至碎，但一片片的瓦铺在一起，铺成了一面坡房顶，就那么结实。它们是一片瓦压在一片瓦的上面，中间并没有泥粘连，像一只小手和另一只小手握在了一起，可以有那么大的力量，也真是怪事，常让那时的我好奇而百思不解。漫长的日子过去之后，大院里有的老房漏雨，房顶的鱼鳞瓦换成波浪状的石棉瓦或油毡和沥青抹的一整块坡顶，说实在的，都赶不上鱼鳞瓦，不仅质量不如，一下大雨接着漏，也不如鱼鳞瓦好看。少了鱼鳞瓦的房顶，就如同人的头顶斑秃一般，即使戴上颜色鲜艳的新式帽子，也不是那么回事了。

前些天，路过童年住过的那条老街，正赶上那里拆迁，从房顶上卸下来的鱼鳞瓦装满了一汽车的挎斗，一层层，整整齐齐地码在车上，也呈鱼鳞状。那可都是前清时候就有的鱼鳞瓦呀，经历了一百多年的雨雪风霜，还是那样结实，那样好看。又有谁知道，在那些鱼鳞瓦上，曾经上演过那么多童年的游戏呢！

其实，平日里在房顶上疯跑的游戏，并没有任何内容，但形式带给我们的快乐大于内容，能惹得邻居大骂却又逮不着我们，便成为我们的一乐。当然，要说我们最大的乐，那还是秋天的摘枣，和国庆节的看礼花。

那时我们的院子里有三棵清代就有的枣树，我们可以轻松地从房顶攀上枣树的树梢，摘到顶端最红的枣吃；也可以站在树梢上，拼命地摇树枝，让那枣纷纷如红雨落下。比我们小的那些小不点儿，爬不上树，就在地上头碰头地捡枣，大呼小叫，这可真的成了我们孩子的节日。

打枣一般都在中秋节前，这时候，国庆节就要到了。打完了枣，下一个节目就是迎接国庆了。

国庆节的傍晚，扒拉完两口饭，我们会溜出家门，早早地爬上房顶，占领有利地形，等待礼花腾空。那时候，即使平常骂我们最欢的大妈大婶，也网开一面，一年一度的国庆礼花，成了我们上房的通行证。由于那时没有那么多的高楼，晚霞中的西山一览无遗。我们的院子就在前门西侧一点，天安门广场更是看得真真的，仿佛就在眼前，连放礼花的大炮都看得很清楚。看着晚霞一点点消失，等候着夜幕一点点降临，就像等待着一场大戏上演一样。我们坐在鱼鳞瓦上，心里充满期待，也有些焦急，不住问身边的大哥哥大姐姐："礼花什么时候放呀？"

其实，我们心里谁都清楚，让我们期待和焦急的，不仅仅是礼花点燃的那一瞬间，更是礼花放完的那一刻。由于年年国庆都要爬到房顶上看礼花，我们都有了经验：随着礼花腾空会有好多白色的小降落伞，一般国庆那一天都会有东风，那些小降落伞便都会随风飘过来。燃放礼花的那一瞬间，我们会稳稳坐在那里，看夜空中色彩绚丽的礼花，绽放在我们的头顶。但降落伞飘来的那一刻，我们会立刻大叫着，一下子都跳了起来，伸出早已经准备好的妈妈晾衣服的竹竿，争先恐后去够那些小小的降落伞。

当然，够得着够不着，全凭风的大小和我们的运气了。因为那一刻，附近四合院的鱼鳞瓦顶上站满和我们一样的孩子，在和我们一样伸着竹竿够降落伞。风如果小，就被前面院子的孩子够走了；风要是大，降落伞就会像存心逗我们玩似地从我们的头顶飞走。记得国庆十周年，那时我上小学五年级，属于大孩子了，那一天晚上，不知是天助我也，还是那一年国庆放的礼花多，降落伞飘飘而来，一个接着一个，让我轻而易举就够着一个，还挺大的个儿，成为我拿到学校显摆的战利品。

也就是从那一年以后，我没再上房玩了。也许，是认为自己长大了吧。

南横街

南横街是一条老街。金代在北京建都，南横街的地理位置，正对着当时皇城之东的宣华门。都城建立之后，南横街成了与北面通往广安门的骡马市大街相平行的东西两条主干道。南横街，就是在之后逐渐发展起来的。它的鼎盛期应该在明清两代，尤其是清代。

南横街，从来不是一条商业街，而是一条文化街。这之后也就是戊戌变法和五四运动时期，这条老街周围住着那么多有识有志的知识分子，也就不足为怪了。一个地区，一条街道，如果有了文脉的积淀，是可以延续的。

但是，延续是有条件的，那便是这个地区、这条街道在时代变迁中的地理位置，与这个时代的政治经济文化是否匹配。随着时代的变迁，与地理相关联的宣南文化，在民国时期逐渐衰退。到了北平沦陷期和北平解放之后，南横街已经从文化街转变为贫民街。一条老街的文脉就此消失殆尽。

在我童年的记忆中，那时的南横街已经败落，甚至都无法与和它平行的骡马市大街相比了。骡马市大街因有各种店铺鳞次栉比，商业发达，常常是车水马龙。而南横街上那些香火鼎盛的寺庙，和那些曾经往来无白丁的会馆，都已经沦为人口密集的大杂院。

那时在南横街有周家两兄弟，冬天里卖的烀白薯非常出名。

在老北京，烤白薯是最平民化的食物了，便宜又热乎。民国时，徐霞村先生写《北平的巷头小吃》，提到他吃烤白薯的情景。夸张地用了"肥、透、甜"三个字，真的是很传神，

但还有一种煮白薯的吃法，今天已经见不着了。在街头支起一口大铁锅，放上水，把洗干净的白薯放进去，一直煮到把开水耗干。因为白薯里吸进了水分，所以非常的软，甚至绵绵得成了一摊稀泥。老北京人又管它叫作"烀白薯"。烀白薯的皮，有点儿像葡萄皮，包着里面的肉简直就成了一兜蜜，一碰就破。因此，吃这种白薯，一定得用手心托着吃，那劲头和吃

喝了蜜的冻柿子有一拼。

那时候，周氏兄弟俩，把着南横街东西两头，各支起一口大锅，所有走南横街的人，甭管走哪头儿，都能够见到他们兄弟俩的大锅。

别看卖的只是这么个简单的吃食，对白薯的选择是有讲究的，和烤白薯有区别。一定不能要那种干瓤的，不然烀出来的白薯，就没有喝了蜜的意思了。周氏兄弟选择的是麦茬儿白薯，或是做种子用的白薯秧子。老北京话讲：处暑收薯，那时候的白薯是麦茬儿白薯，是早薯，收麦子后不久就可以收，这种白薯个儿小，瘦溜儿，皮薄，瓤儿软，好煮，也甜。白薯秧子，是用来做种子用的，在老白薯上长出一截儿来，就掐下来埋在地里。这种白薯，也是个儿细，肉嫩，开锅就热。而且还有一条，便宜。

当然，关键的是，只有这样的白薯烀到最后留在锅底的，才能够带蜜嘎巴儿。过去卖烀白薯的都这样吆喝：带蜜嘎巴儿的！这个"蜜嘎巴儿"，指的是被水耗干挂在白薯皮上的那一层结了痂的糖稀。民国有竹枝词专门咏叹这个"蜜嘎巴儿"：应知味美惟锅底，饱啖残余未算冤。那是包括我在内的小孩子的最爱。

如今的南横街，风光更是不再。不要说与历史上鼎盛期相比,就是和我二十年甚至十几年前去那里相比,都难以看到它的旧貌了。面目皆非的南横街,如今最有名的,一是悯忠寺,一是小肠陈。悯忠寺,原来不在南横街上,而是在街北里面。南横街的拆迁,让悯忠寺显露了出来。小肠陈以卖卤煮出名,不过,它的老店并不在这里。每次路过小肠陈的时候,总会让我想起当年把着南横街东西两个街口卖烀白薯的周氏兄弟。或许,是让小肠陈桃代李僵,替换他们兄弟俩的位置吧,让人们别把过去关于这条老街残存的那一点儿记忆完全斩断灭绝。

独草莓

姐姐家在呼和浩特,她住一楼,房前有块空地,种着一株香椿树、一株杏树和一株苹果树。退休之后,姐姐把这块空地开辟成了菜园。翻土,播种,浇水,施肥……每天乐此不疲。姐姐一辈子在铁路局工作,年年的劳动模范,局里新盖了高层楼,分她新房,面积多出三十多平方米。她不去,舍不得她的这片菜园。孩子们都说她,如今,一平方米房子值多少钱?你那破菜园能值几个钱?却谁也拗不过她,只好随了她。

我已经好多年没有见到姐姐了。今年[①],

注:①此文创作于2015年,文中"今年"指的是2015年。

是姐姐的八十大寿，说什么也要来看看姐姐。想想六十三年前，1952年，姐姐十七岁，就只身一人来到内蒙古，修新建的京包线铁路。那时候，我才五岁，弟弟两岁，娘突然逝去，姐姐是为了帮助父亲扛起家庭的担子，才选择来到了塞外。姐姐每月往家里寄三十元，一直寄到我二十一岁到北大荒插队。那时候，姐姐每月的工资才几十元呀。姐姐说起当年她要来内蒙古前离开家时，我和弟弟舍不得她走，抱着她的大腿哭的情景，仿佛岁月没有流逝，一切都恍如目前。

来到姐姐家，先看姐姐的菜园。菜园不大，却是她的天堂，那里种着她的宝贝。特别是姐夫前几年病逝之后，那里更是她打发时光、消除寂寞的好场所。菜园被姐姐收拾得井井有条。丝瓜扁豆满架，倭瓜满地爬，小葱棵棵似剑，韭菜根根如阵，西红柿、黄瓜和青椒，在架子上红的红，青的青，弯的弯，尖的尖……忍不住想起中学里学过吴伯箫的课文《菜园小记》里说的，真的是姹紫嫣红。这么多的菜，吃不完，送给邻居，成了姐姐最开心的事情。

菜园旁，立着一个大水缸，每天洗米洗菜的水，姐姐从厨房里一桶一桶拎出来，穿过客厅和阳台，走进菜园，把水倒进水缸，备用浇菜。节省了一辈子的姐姐，常被孩子们嘲笑，而且，劝她说现在菜好买，什么菜都有，就别整天忙乎这个了，好好养老不好吗？姐姐会说，劳动一辈子了，不干点活难受。想想，在风沙弥漫的京包铁路线上餐风饮露，这是她念了一辈子的经文，笃信难舍。再想想，人老了，其实不是享清闲，而是怕闲着，能有点儿事干，而且，这事干着又是快乐的，便是养老的最好境界了。姐姐种的那些菜，便有她自己的心情浸透，有她往事的回忆，是孩子都上班上学去之后孤独时的伙伴，她可以一边侍弄着它们，一边和它们说说话。

夸她的菜园，就像夸她的孩子一样让她高兴。我对她的菜园赞不绝口。姐姐指着菜园前面绿葱葱的植物，我没认出是什么。她对我说："这里原来种的是生菜和小水萝卜，今年闹虫子，我把它们都给拔了，改种了草莓。不知怎么闹的，也可能是我不会种这玩意儿，你看，一春天都过去了，只结了一个草莓。"

我跟着她走过去，伏下身子仔细看，才看见偌大的草莓丛中，果然只有一颗草莓，个头儿不大，颜色却很红，小小的像红宝石一样，孤独地藏在叶子下面，好像害羞似的怕人看见。

"孩子们看着它好玩，都想摘了吃，我没让摘。"姐姐说。我问她："干嘛不摘？时间久，回头再烂了，多可惜。"姐姐笑着说："我心里盼望着有这么一个伴儿在这儿等着，兴许还能再结几个草莓！"

相见时难别亦难，和姐姐分手的日子到了，离开呼和浩特回北京的前一天晚上，姐姐蒸的米饭，我炒的香椿鸡蛋，做的西红柿汤，菜都来自姐姐的菜园。晚饭后，姐姐出屋去了一趟菜园，然后又去了一趟厨房，背着手，笑眯眯地走到我的面前，像变戏法一样，还没等我猜，就伸出手张开来让我看，原来是那颗草莓。"你尝尝，看味儿怎么样？"姐姐对我说。

我接过草莓，小小的，鲜红鲜红的，还沾着刚刚冲洗过的水珠儿，真不忍心下嘴吃。姐姐催促着，快尝尝！我尝了一口，真甜，更难得的是，有一股在市场买的和采摘园里摘的少有的草莓味儿。这是一种久违的味儿。

图书在版编目（CIP）数据

心有半亩花田　藏于烟火人间 / 肖复兴著. —广州：
广东人民出版社, 2024.2（2024.5重印）
　ISBN 978-7-218-17218-7

Ⅰ.①心… Ⅱ.①肖… Ⅲ.①散文集—中国—当代
Ⅳ.①I267

中国国家版本馆CIP数据核字（2024）第000228号

XIN YOU BAN MU HUATIAN　CANG YU YANHUO RENJIAN
心有半亩花田　藏于烟火人间
肖复兴　著

版权所有　翻印必究

出 版 人：肖风华

责任编辑：钱飞遥
产品经理：周　秦
责任技编：吴彦斌
监　　制：黄　利　万　夏
特约编辑：曹莉丽　鞠媛媛　方　莹
营销支持：曹莉丽
版权支持：王福娇
封面书画：李知弥
装帧设计：紫图图书ZITO®

出版发行：广东人民出版社
地　　址：广东省广州市越秀区大沙头四马路10号（邮政编码：510199）
电　　话：（020）85716809（总编室）
传　　真：（020）83289585
网　　址：http://www.gdpph.com
印　　刷：艺堂印刷（天津）有限公司
开　　本：880mm×1230mm　1/32
印　　张：8.5　　字　　数：147千
版　　次：2024年2月第1版
印　　次：2024年5月第3次印刷
定　　价：59.90元

如发现印装质量问题，影响阅读，请与出版社（020-85716849）联系调换。
售书热线：（020）87716172